致敬

向所有

为抗击新冠肺炎

作出努力的人们

VOICES FROM CHILDREN AROUND THE GLOBE

"童声共济，平安中国"
海内外少年儿童短视频朗诵才艺公益活动

　　正值对抗新冠肺炎的关键时期，在这场没有硝烟的战争中，我们看到了医护人员义无反顾奔向前线，看到了武汉民众在困境中坚持不懈，也看到了国际社会和全国各地人民无私的援助。特殊时刻，我们重新审视生命的意义和价值，思考人类和自然的相处之道，感受平凡人用大爱和奉献造就的不平凡。

　　为了唤起公众，尤其是少年儿童敬畏生命和自然、珍爱时光与他人的意识，增强少年儿童的自我防护意识和能力，加强对健康理念和传染病防控知识的了解，教育少年儿童养成讲文明、讲卫生、讲科学的健康生活方式，强化尊重自然、保护环境的责任意识和保护动物的生态文明意识，引导少年儿童及家长保持积极乐观、理性平和的良好心态，坚定战胜疫情的信心，我们特发起"童声共济，平安中国"海内外少年儿童短视频朗诵才艺公益活动，进一步凝聚人心、鼓舞士气，相互激励，众志成城，共克时艰。

"童声共济，平安中国"海内外少年儿童朗诵才艺公益活动作品精选集
SELECTED WRITINGS FROM THE NON-PROFIT "CHILDREN'S GOODWILL RECITATIONS FOR CHINA"

童声中国

VOICES FROM CHILDREN AROUND THE GLOBE

主编 曹文轩
CHIEF EDITOR　CAO WENXUAN

朝华出版社
BLOSSOM PRESS

图书在版编目（CIP）数据

童声中国："童声共济，平安中国"海内外少年儿童朗诵才艺公益活动作品精选集 / 曹文轩主编. — 北京：朝华出版社，2020.5

ISBN 978-7-5054-4655-7

I.①童… II.①曹… III.①儿童文学－作品综合集－世界－现代 IV.① I18

中国版本图书馆 CIP 数据核字（2020）第 055710 号

童声中国

"童声共济，平安中国"海内外少年儿童朗诵才艺公益活动作品精选集

主　　编	曹文轩	策划编辑	刘冰远　张　丽
责任编辑	张　丽	特约编辑	梁品逸　秦霁政
封面绘制	王　香　张　琳	装帧设计	马尔克斯文创　中文天地
责任印制	张文东　陆竞赢		

出版发行　朝华出版社

社　　址	北京市西城区百万庄大街 24 号	邮政编码	100037
订购电话	（010）68996050　68996618		
传　　真	（010）88415258（发行部）		
联系版权	zhbq@cipg.org.cn		
网　　址	http://zhcb.cipg.org.cn		
印　　刷	北京利丰雅高长城印刷有限公司		
经　　销	全国新华书店		
开　　本	710mm×1000mm　1/16	字　　数	100 千字
印　　张	12		
版　　次	2020 年 5 月第 1 版　2020 年 5 月第 1 次印刷		
装　　别	平		
书　　号	ISBN 978-7-5054-4655-7		
定　　价	39.00 元		

绿色印刷　保护环境　爱护健康

亲爱的读者朋友：

　　本书已入选"北京市绿色印刷工程——优秀出版物绿色印刷示范项目"。它采用绿色印刷标准印制，在封底印有"绿色印刷产品"标志。

　　按照国家环境标准（HJ2503-2011）《环境标志产品技术要求印刷第一部分：平版印刷》，本书选用环保型纸张、油墨、胶水等原辅材料，生产过程注重节能减排，印刷产品符合人体健康要求。

　　选择绿色印刷图书，畅享环保健康阅读！

北京市绿色印刷工程

序

PREFACE

曹文轩

　　2020 年春节，是一个令人难以忘怀的春节，因为新型冠状病毒的侵袭，小区安静了，街道安静了，城市安静了，整个中国安静了。然而，在安静的那一面却又是一片紧张，整个国家如同处在战争的状态——就是战争，与瘟疫进行殊死较量，是一场将载入中国史册乃至世界史册的战争——抗疫战争。那一个个日夜，十四亿中国人心弦紧绷，到处是战场，没有硝烟胜似硝烟。医生、护士、警察、工人、快递员、司机……每个人都以自己的方式与病毒对抗，每个人都是这场战争的一分子，这其中包括孩子们。

　　天性活跃的他们暂时被迫待在家中，一户户家庭成了这场战争中的一个个坚强堡垒。本是无忧无虑的他们，却在忧心忡忡地关注着成人所关注的一切，他们不再随意喧哗和打闹，比以往任何时候都显得安静。"待在家里就是贡献"，对此他们心领神会，但又不甘于只是空守和静默，而是用文字、用图画、用才艺发出了独属于自己的声音，虽稚嫩却清亮，虽浅显却真诚。"童声共济，平安中国"活动的发起，就是为了让这个世界听到孩子们的声音，感受他们曾经历的那些将永远镌刻于他们灵魂的时光。他们的文字，他们的图画，是一种无形的力量，也是让我们对未来充满希望的力量。

自"童声共济，平安中国"海内外少年儿童朗诵才艺公益活动开展以来，组织者收到了来自海内外孩子的众多视频，其中不乏优秀的原创作品，有诗歌、儿歌、散文、童话、书信、日记等等。为了更好地铭记、记录这一特殊时刻，让更多人听到、感受到孩子的心声，《童声中国》的出版计划顺势而生。

我们从两千篇原创作品中层层筛选、审核，最终选定了近二百篇。这些稿件以孩子的作品为主，而最小的作者刚刚五岁，尚在幼儿园学习阶段。也许这些孩子的文字尚且稚拙，更谈不上完美，但这才是真实的他们——稚拙也是一种美，也是一种力量。我们充分尊重他们的认知和他们特有的表达。

在编选的过程中，我们更偏爱真实的情感、真实的经历。有一首诗叫《守望》，医生、警察、爸爸和妈妈，每个人都有自己守望的事情，而作为一个孩子，他唯一的守望是"门锁转动的声音"，期盼着爸爸妈妈的回来。整首诗没有一句溢美之词，却表达了大人对岗位的坚守，和孩子对父母的依恋，真实而自然。还有一个幼儿园的小朋友，把病毒说成一位不负责任的妈妈，质问她，"为什么生那么多宝宝，还不管好他们"。稚气的语言，既贴近孩子的现实生活，又可爱异常。这才是孩子的文字、孩子的声音，也是我们出版真正想要的东西。

让我们倍感欣慰的是，孩子们除了在创作技能上得到了提升，更重要的是他们在精神上完成了一次洗礼。在这场疫情中，他们真切地感受到了大自然的巨大威力，幼小的心灵发出了对大自然关爱的呼吁。一个孩子在他的作品中,将大自然比喻成"妈妈",将人类比喻成"淘气的孩子",因为孩子的淘气而使大自然妈妈生气了。孩子式的反思,值得我们成人深思和铭记。

在众多投稿中,还收到了来自海外的孩子的作品。看了他们的相关视频,听着他们用不够流畅的中文深情地朗诵着每一个字,我们被一次次感动。我们能深切地感受到在灾难面前,大爱无疆,地球只是一个小小的村落,并无国界。

大自然是哺育人类的母亲,而我们又是哺育孩子的父母。大自然、人类和孩子,注定要相亲相爱,要和谐共生。这一点,不仅是针对武汉、针对湖北、针对中国而言,而更应该是全世界的祈愿。

在这本书即将出版的日子里,世界很多地区正饱受疫情的煎熬,更多人陷入焦虑甚至恐慌。我们相信,听听这些孩子纯净的声音,感受一下他们纯粹的爱心,将让我们的内心感到温暖,并燃起更加熊熊的必胜之火。

扫码观看全书视频

PART *1*

PART *1*

逆行，最美

NIXING ZUIMEI

没有慷慨激昂，
没有豪言壮语，
留给我们的
只有你们挺拔的背影！

背影

北京中学二年级　李瑶宣
指导老师　蒙羿
作曲　蒙羿　　原唱　李瑶宣

江城雾中的背影，
是谁在负重前行？
如黑暗中的光明，
在人群之中逆行。

急诊室中的背影，
是谁的白衣盈盈？

当年立下的誓言，
如今如醍醐灌顶。

扫码看视频

大是大非前你们在硬挺，
临危受命哪怕病毒逼近，
从不相信生死是命中注定，
你们才是危难时的神明。

来不及抹去防护镜后的泪滴，
来不及说出告别的话语，
风干了防护服里的汗滴，
依然坚定是天使背影。

病毒的自述

杭州市白马湖学校小学部五（1）班
黄溪哲　　指导老师　王来润

大家好，

我是来自动物国的病毒小冠。

我的国家太冷清了，

我不满足于这样安宁的生活，

想去找人类做朋友。

于是我乘着飞沫"快艇"，

努力钻进人们身体，

可是人类好像并不欢迎我的
到来，

百般阻挡我的前进。

医生护士们拿出刀枪利剑，

人们也纷纷戴上口罩盾牌，

让我根本无法接近。

唉，看来这里并不适合我，

我还是乖乖回国吧！

病毒跑没啦

重庆市巴南区鱼胡路小学二（4）班
潘艾铃　　指导老师　张伦

小手，小手洗了吗?

口罩，口罩戴了吗?

窗户，窗户打开啦，

阳光，阳光进来啦，

身体动起来，

病毒跑没啦！

病毒作案

扬州市邗江实验学校三（12）班
吴书影　　指导老师　丁云

最近，

我发现一个奇怪的现象，

游乐场没有小朋友玩耍了，

所有的店都关门了，

马路上的人都戴着口罩，

行色匆匆。

我赶紧去调查，

原来有一个小偷，

它叫作"新型冠状病毒"，

它会跑进你的身体，

偷走你的健康，

甚至是生命。

这么可怕的小偷，

怎么办呢？

妈妈说，

医生护士可以赶走他。

我希望，

我长大了，

也变成一个白衣战士，

把这些偷走人们健康的小偷，

全都消灭光。

不负韶华

宝鸡市实验小学童心诗社　蔡宇泽
指导老师　李晓萍

您，

不负韶华，

每个清晨与傍晚，

只为我们点亮回家的路。

您，

不负韶华，

永远站在医疗战役的第一线，

只为保护我们的身体健康。

您，

不负韶华，

坚持每日刻苦训练，

只为保护我们的国家。

你们，

不负韶华。

我们，

未来可期！

不是好妈妈

武汉市江岸区实验幼儿园　邱怡非

指导老师　王爱玲

病毒啊病毒，

你真调皮，

你为什么要生那么多小宝宝，

还不管好自己的小宝宝呢？

病毒啊病毒，

你不是个好妈妈！

不要伤害动物

宝鸡市实验小学童心诗社　曹皓凯

指导老师　李薇

头戴皇冠的病毒，

是来自野生动物的报复。

为什么它要报复？

我问妈妈。

妈妈告诉我，

人类一直想要，

所有的动物都臣服。

我感到很惊讶，

为什么人类要伤害野生动物？

它和人一样，

都是地球的孩子呀！

人类和野生动物应该和平相处，

不然就会像今天这样，

带给我们的就是灾难，

一幕接着一幕。

菜园悄悄话

贵州　王宗伦

小白菜，真可爱，
摇着脑袋在表态：
"我也要到武汉去，
把那病毒全打败。"
萝卜笑她小傻瓜：
"杀毒你也有能耐？"
白菜抖抖绿叶子：
"你咋这么不明白？
医生吃了新鲜菜，
才有力气打妖怪。"
萝卜一听动了心，
忙把肚皮亮出来：
"你看我的身体好，
可到武汉去消灾。"
蒜苗甩甩长头发：
"我去武汉最可爱。"
萝卜问她为什么，
蒜苗显得很豪迈：

"护士姐姐剪了发，
我去帮她接起来。"
小小菜园有能耐，
团结起来打妖怪。

出征

——致敬白衣天使

北京大学附属小学肖家河分校五（3）班
李嘉琪

来不及去听妈妈的叮咛，
耳边还响着孩子的哭声，
除夕夜，你们要出征。
十万火急，快快快，
前方，
病毒正在无情地吞噬着生命。
没有慷慨激昂，
没有豪言壮语，
留给我们的
只有你们挺拔的背影。
通宵达旦，精神紧绷，

没有硝烟的战场，

你们顽强地和"敌人"斗争。

直到累倒下，

你还微弱地说着，

别管我，我还能行。

最最可爱的人啊，

我该怎样把你们歌颂？

此刻，即使再华丽的语言，

也无法把这大爱形容。

保重啊，保重，

千万要保护好自己。

祖国和人民，

不能没有你们这样的英雄。

春风即将把大地吹醒，

我相信，

跟春风一起来的，

一定有你们平安凯旋的身影。

窗外的小鸟

宿州市萧县实验小学五（14）班

程歆贻　　指导老师　张晓鹏

窗外的小鸟，

你从哪儿飞来？

看你那慌张的样子，

是否也在躲避病毒的侵害？

你在飞来的路上，

可曾看到没戴口罩的人们？

一定要提醒他们，

这病毒很坏。

我想请你帮帮忙，

把这封信，

送给白衣天使，

里面有我的关心和敬意。

等到病毒消灭时，

你再到我这儿来，

我陪你一起跳舞、唱歌，

咱们一块儿好好玩儿。

创可贴

锦州市国和小学二（3）班　孟楚涵
指导老师　蔡静

口罩是城市的创可贴，
将受伤的
心
粘在一块儿。

吹牛
——写给疫情期间的孩子们

广东　何腾江

哥哥跟爸爸出了一趟门，
坐的公交车
只有他们父子俩。
回来哥哥就炫耀：
我的本事可大了，
我们把整辆车包了！

弟弟跟妈妈出了一趟门，
坐的是地铁，
长长的地铁里
只有他们母子俩。
回来弟弟就吹牛：
我的本事可大了，
我们把地铁都包了！

春天（组诗）

陕西 高燕妮

春天打了个瞌睡

春天打了个瞌睡，
长长的睫毛上飘荡着一个浅浅
的梦。
在梦里，
雪花打湿了它的眼睛，
它看不见了春天里的行人，
和行人脸上的颜色。
于是，春天睁开蒙眬睡眼，
它的眼里便跑出一群太阳，
清澈的光芒伸进梦里，
洗出了行人，
和满面的春色。

春风是一位诗人

春天是一位诗人，
可它弄丢了自己的诗行，
于是，它到处去寻找。
远远地，
它看见了自己的诗句，
闪耀在社区工作者的袖章上，
雕刻在医护人员的背影上，
飘荡在街市的沉默里，
跳动在窗前探出的目光中。
顿时，春风在这些诗句
明亮又温暖的双眸里，
陶醉了。

春天的希望

武汉市格鲁伯实验学校　吴子夏

太阳呼吸的时候，

呼出来的是，

一丝丝温暖的阳光。

星星呼吸的时候，

呼出来的是，

晶莹闪烁的星光。

大海呼吸的时候，

呼出来的是，

汹涌澎湃的浪花。

雨滴呼吸的时候，

呼出来的是，

天空的眼泪。

柳树呼吸的时候，

呼出来的是，

春天的希望。

春天很勇敢

黑龙江　木糖

冠状病毒这么坏，

春天，

会不会吓得

不敢来了？

大地说，

放心，春天很勇敢。

她还要在

我的胸膛上，

撒满花种。

群山说，

放心，春天很勇敢。

她还要给我，

带来一件绿外衣。

江河说，

放心，春天很勇敢。

她还要吹化，

我背上的冰壳。

是啊，春天很勇敢。

她赶跑过，

一年又一年的

冬天。

打喷嚏

河北　李艳华

小小狐狸打喷嚏，

飞沫喷出八万里。

小猫小鸡躲不及，

吸进肺里喘粗气。

羊伯伯，拿口罩，

送给小猫和小鸡。

然后告诉小狐狸：

捂住嘴巴打喷嚏。

11

大怪物来了（外一首）

陕西　伊梅

很小奶奶就告诉我，

年是个大怪物，会吃人的，

人们要放鞭炮驱逐它。

可后来，

我竟偷偷地想见见这个大怪物。

今年大怪物真的来了，

奶奶让我们全家人待在家里。

可妈妈一直没有回来，

我害怕得大哭，

一定是我把年给招来了，

妈妈是不是被它给吃了？

爸爸笑着说，

妈妈去武汉打大怪物去了，

大怪物像我一样最害怕打针，

妈妈可是大医生呢！

乖乖待在家

小弟弟，

不听话，

哭着闹着要出发；

小花狗，

批评他，

疫情当前讲方法。

我们在家做游戏，

一样能够笑哈哈。

等到坏蛋被赶跑，

阳光下面尽情耍。

大魔王来了

宝鸡市实验小学童心诗社　薛皓天
指导老师　徐昇

不好啦，不好啦，
冠状病毒"大魔王"来到武汉，
火速在全国蔓延了。
钟南山院士说：
冠状病毒与野生动物有关。
我们还没有研制出
专治"大魔王"的特效药。
我看完新闻，
气得直跺脚。
决不能让"大魔王"
溜到家门口，
积极预防才是最好的办法。
赶紧让爸爸买来消毒水，
让妈妈买来大口罩，
勤开窗、勤洗手，
一家老小齐预防。

地图生病了

山东　王爱玲

女儿每天都看地图，
她说：
雄鸡生病了。
瞧，
一开始只是心脏生病了，
然后是胸脯、脚丫、脊背，
接着是脖子、头、尾巴，
最后，
坚持了好久的腿
也生病了。

我说：
没有，它不会倒下。
你看它的腿，是那样有力。
你看它的头，还是抬得那么高，
它一定看见了不远处的
春天。

点一盏心灯

安徽　吴菁华

往年，
花灯是元宵节
最美的风景；
往年，
人是元宵节
最欢乐的精灵。

今年的元宵节，
冠状病毒害得人们不敢出门，
大街上冷冷清清；
今年的元宵节，
我要在心里点燃一盏灯，
祈福人间永远安宁。

电话拜年

河南　吴瑞芳

鼠年到，新年到，
我打电话给姥姥；
冠状病毒真不少，
做好防范很重要；
今年拜年不乱跑，
视频聊天也热闹。

躲猫猫

宝鸡市实验小学童心诗社　葛伊然
指导老师　李晓苹

月亮出来了，

太阳躲起来了，

躲到大山后面了。

人类强大了，

动物们躲起来了，

躲到最远的森林了。

现在病毒来了，

人们都躲起来了，

躲到家里了。

我们不是投降，

聪明的躲猫猫，

才是最厉害的武器。

恶魔与天使

扬州市邗江实验学校三（12）班
黎子涵　　指导老师　丁云

病毒是个恶魔，

它和我们玩抓人游戏，

我们跑到家里，

那是唯一安全的地方。

可是，

还是有很多人

被这个病毒抓住了。

他们不得不离开家，

去一个让病毒害怕的地方。

因为那里有很多天使，

他们会让每个人平安回家。

2020 在家过年

宝鸡市实验小学童心诗社　金语涵
指导老师　李薇

电视里说，

出门戴口罩，

回家要洗手。

我问爸爸为什么，

爸爸说，

有一种会跑的病毒，

在满世界乱跑。

妈妈说，

宝鸡的医生和护士去武汉了。

我问为什么，

妈妈说，

他们是白衣天使，

要守护更多人的健康。

有一个爷爷

他叫钟南山，

他让我们在家过年。

我们待在家里，

读读书，练练字，

看看新闻。

我们是新时代少年，

祖国有难，

我们决不添乱！

防控拍手歌

辽宁　杨福久

你拍一我拍一，

防控病毒要牢记。

你拍二我拍二，

方方面面不懈怠。

你拍三我拍三，

不串亲戚不聚餐。

你拍四我拍四，

锻炼身体要坚持。

你拍五我拍五，

待在家里跳跳舞。

你拍六我拍六，
不吃野生动物肉。
你拍七我拍七，
晴天开窗换空气。
你拍八我拍八，
勤洗双手不邋遢。
你拍九我拍九，
戴好口罩再外走。
你拍十我拍十，
均衡营养要抓实。

鞠了一躬。
护士阿姨备受感动，
也深深鞠了一躬。

小鞠躬，大鞠躬，
构成一个"心"字，
把新冠肺炎肆虐的冬天映红。
花喜鹊站在树上，
叫喳喳，
把一个感恩的故事到处传颂。

感恩映红了冬天

河南　邓秀力

三岁小弟生了病，
经过治疗出院了。
护士阿姨一边送，
一边叮咛。

三岁小弟回转身，
头向前倾，深深地

给小燕子的一封信

上海　花永盛

亲爱的小燕子，

我们的家正在下雪呢，

可大家都不能出去撒欢。

你也听说了吧？

一种病毒正袭击世界，

人人都戴着口罩，

隔壁家的小狗也不敢出门了。

妈妈说我表现得很勇敢，

你在南方还好吗？

麻雀一家占了你的小窝，

我本想赶走它们，

可外面实在太冷太危险，

就让它们先暖和一下吧。

我想你也会同意的。

我算着你归来的日子，

那时病毒一定会被赶跑。

在蒙山最高的松树下，

我的朋友松鼠先生

藏了一些坚果，

告诉你的伙伴，

经过那儿可以休息一下。

我攒了一冬天的话，

这片树叶已经写不下，

我会在屋檐下等着你

带来春天最美的消息。

怪兽来了

浙江　林小锋

怪兽来了。

听说：

怪兽很多很多，

多到数不清；

很小很小，

小到谁也看不见它们；

很坏很坏，

坏到你一碰上它们，

就会被打倒。

太可怕了！

我们只好待在家里。

可是，今天爸爸要去上班了，

我很担心他。

妈妈说：没事，

爸爸戴着口罩、护眼镜，

还穿着防护服呢！

哈哈，这样打扮，

我的爸爸就是个

超级的大大大怪兽，

很快就可以把那些小怪兽，

全都打败。

关在家里

上海市普陀区金苹果幼儿园

宋知行　　指导老师　王爱玲

大雨说，我要把你关在家里。

我撑起了雨伞，

"你关不住我。"

大风说，我要把你关在家里。

我穿上了棉袄，

"你关不住我。"

大雪说，我要把你关在家里。

我穿上了雪地靴，

"你关不住我。"

小病毒说，出来玩吧！

我关上了家门，

"偏不出去玩。"

冠状病毒你是谁？

扬州市邗江实验学校三（12）班
孔昱轩　　指导老师　丁云

冠状病毒你是谁？

你为什么这么调皮？

你又有怎样的本领？

害得我们整天和你躲猫猫。

冠状病毒你是谁？

为什么我们看不见你，

也听不见你，

你却能摸得到我们？

冠状病毒你是谁？

为什么这样霸道，

夺走了人们的健康，

甚至还有生命？

把我们一个个圈在家里，

不敢出门。

好奇怪，你的妈妈呢？

她为什么不出来管管你，

带你回家？

红手印

山东　金明春

一朵朵红梅，

在这个寒冷的季节绽放；

一枚枚红手印，

就是一个个必胜的决心。

疫情就是无声的命令，

多少天使负重前行。

看到这张按满红手印的请战书，

我们泪流满面。

四面八方的天使，

驾祥云乘春风向一座城云集。

是工作服，更是白色战袍；

是天使，更是战士！

我们认不出你是谁，

但我们知道你是为了谁。

封城，但不封爱；

隔离瘟疫，但不隔离爱！
用无情，
隔离传播，阻断蔓延；
用大爱，
营造安康，祝福平安。
铺开天罗地网，
把疫魔驱赶。

蝴蝶兰

河北　橘子船

蝴蝶兰，
今天开一朵，
明天开一朵。
故意开得那么慢，
它在等妈妈回来看。
妈妈是白衣天使，
爸爸说妈妈出差的地方叫武汉。

环卫工人

河南　马素钦

环卫工人真勇敢，
疫情面前来值班。
早出晚归把路扫，
大街小巷清一遍。
环境美化空气好，
全国人民身体健。
大家一起来努力，
共同打赢防疫战。

回忆里的春天

潍坊市潍城区青年路小学三（1）班
王彦臻　　指导老师　李桂英

透过窗，阳光明媚；

推开窗，暖风拂面；

关上窗，

春天在回忆里。

什么时候打开门，

走出去，

寻找记忆中的小河流水，

玉兰花开，芳草萋萋，

杨柳依依？

春天，

武汉，

我等不及了！

寂寞的时光

新疆　裴郁平

大院里有一排旧平房，

突出的房檐下，

挂着融雪凝成的

一根根冰柱子。

寂寞的小男孩手里拿着冰柱子，

左突右刺舞起了自编的剑术。

他好像能挑出一片

春暖花开的乐园，

哪怕是戴着王冠的病毒，

也会败在他的剑下。

安静的小院，

只有一群流浪的狗跟随着他，

摇起尾巴跳着没有规则的乱舞，

在寂寞的时光中放进了笑声。

街道

河南　涂彪

白天，

街道静得空荡荡；

夜晚，

街道只有路灯瞎忙活。

妈妈，

您不静，您也不瞎忙活。

您穿着白大褂，

在属于您的街道上，

忙来忙去。

白天，忙得像太阳；

夜晚，忙得像月亮。

光芒，

始终照在病人身上。

妈妈，我相信，

有你们在战斗，

病毒，

必然会逃之夭夭；

疫情，

必然会消除；

街道，

必然会热热闹闹。

静

佛山市顺德区龙江苏溪小学二（2）班
杨泳锋　　指导老师　梅艳芳

2020 春，

热闹的广场寂静了，

商店、市场停业了，

工厂停工了，

学校推迟开学了，

路上车辆不堵了。

过年的气氛没有了，

一场新冠肺炎疫情，

让一切热闹突然变安静了……

23

静静地等着

重庆　张伦

窗外的小鸟叽叽喳喳
不停地逗我。
可我知道，
我只能待在屋子里，
哪儿也不能去。

我静静地坐着，
等待着，
等待着云开雾散，
疫情结束的那一天。

那一天，
天，更蓝，
云，更白。
我会在山坡上，
草地里，
和小鸟一起
跳舞，歌唱。

抗击病毒

宝鸡市实验小学童心诗社　赵琬琛
指导老师　李晓萍

它在江城肆虐，
它在世界蔓延，
它是巫婆的爪牙。
许多百姓被击倒，
恐惧感弥漫心中，
美好生活被搅乱！
钟南山爷爷来了，
白衣天使们来了，
英勇无畏斗病毒。
击败一个个爪牙，
人们恢复了健康，
更带来心中的光。

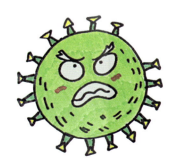

抗疫"三字经"

沧州市路华小学二（5）班　李泽铭

疫情重，悄无声。

全动员，齐号令。

不出门，宅家中。

勤洗手，常通风。

戴口罩，讲卫生。

路华美，家中学。

网课堂，来上课。

德智体，不放松。

飞叠杯，手中舞。

鲁班锁，拼装成。

学习好，身体棒。

阻击战，必定胜！

口罩的自我介绍

温州市苍南县灵溪镇五小六（3）班
黄玉群　　指导老师　林乃聪

我是一个口罩，

两根棉线挂耳，

与过滤纱布组合，

就是我全部的样貌。

我用单薄的身体，

阻挡病毒的侵扰。

保护人类，

少不了我的一份功劳。

但我知道，

没有病毒骚扰，

我成不了时髦，

也不会如此畅销。

我不愿见更多人，

不是我害羞，

如果你们健康，

就悄悄地把我忘掉。

口罩是宝

宝鸡市实验小学童心诗社　魏照峻
指导老师　李晓萍

身材小，本领高，
阻挡新冠有一套。
一戴，一拉，
急得病毒赶紧逃！
人们齐声来赞它：
"口罩，口罩你是宝！"
它却严肃地说：
"记得戴后别随便抛！"

口罩侠

山东　陈艳

这个春天，
病毒拱破了它们的牢，
窜到人间。
张牙舞爪，面目狰狞，
以此来威吓人类。

这个春天，
口罩侠诞生了。
他们在医院，他们在街道，
他们在工厂，
他们在田间……
口罩侠在各处，
与病毒作战。
这一战役，
口罩侠必将胜利！

老鼠吹喇叭

河南　毛林英

嘀嘀答，嘀嘀答，
老鼠吹喇叭。
"不见花轿没新娘，
吹吹打打为了啥？"
嘀嘀答，嘀嘀答，
要把新冠病毒送回家，
劝它不要再出门，
安安生生待在家。

两边

【墨西哥】孙国华

我生在这边，你在那边，
我的名字飘着茉莉花的芬芳，
也藏着父母的期许。
善良和诚实是我的香，
黑发与黄肤是你的美。

我长在这边，你在那边，
我的唇齿晦涩
不肯飘出你的音符，
直到奔跑在你神奇的土地，
笑声中似闸门打开，
存贮在记忆中的抑扬顿挫
似清泉汩汩流出！

我登过长城，
拜访过秦俑，
踏过火焰山。
曾顶着荷叶在花香中荡舟，

江南的十里长廊流过我的汗水。
慈祥的灵山大佛呀，
请您一定原谅我并不虔诚的祈祷。

我在这边，你在那边，
你是奶奶家的青山绿水，
鸡鸭鹅狗；
你是姥姥家的姨亲舅爱，
谆谆叮嘱；
是妈妈的歌，爸爸的笑，
是哥哥被美食撑圆了的肚子，
是我假期的向往！

我在这边，你在那边，
我盼着，
盼着你
成城的众志快些战胜病毒，
盼着春风快快拂去阴霾。
待夏花烂漫时，
我再归去，
归去你的怀抱！

旅行

扬州市邗江实验学校三（12）班
马业丰　　指导老师　丁云

冠状病毒，

你喜欢旅行，可以。

但你干吗跑到人体里旅行？

你瞧瞧，

你一来，

害得人们都没法出门了！

赶紧回去，

人体旅行社不欢迎你！

妈妈剪掉漂亮的长发

山东　刘北

妈妈要剪掉漂亮的长发，

镜子里的妈妈闪着泪花。

妈妈问爸爸：

"剪掉长发是不是变丑啦？"

爸爸嘿嘿笑了一声，

并不回答。

妈妈又问爷爷：

"剪掉长发是不是变丑啦？"

爷爷呵呵笑了一下，

装聋作哑。

妈妈抱住我问：

"妈妈剪掉长发是不是变丑啦？"

我哈哈大笑起来，

管不住自己的嘴巴。

我说："剪掉头发有什么特别啊？

你看窗外的大树，

不怕冬天的风雪霜打，

还把绿色的衣服脱下，

春风吹来时就长出密密的绿芽。

这是它为了平安度过冬天，

保护自己的办法。"

妈妈紧紧抱住我，

亲亲我的脸蛋，

泪水流满我的脸颊。

爸爸也亲亲我的脸蛋，

笑着说：

"英雄的儿子，
就该有最勇敢的回答。"
一旁的爷爷呵呵笑起来，
拍拍我的后脑勺说：
"我都听到啦，
俺的孙子长大啦。"

我想好好抱抱你！
给你捶捶背，
给你洗洗脚。
到时候，
你可别再说，
你身上有病毒哦！

妈妈，我好想抱抱你

扬州市邗江实验学校三（12）班
屠茗然　指导老师　丁云

妈妈，你还好吗？
你吃饭了吗？
你洗手了吗？
你戴好口罩了吗？
你打败病毒了吗？

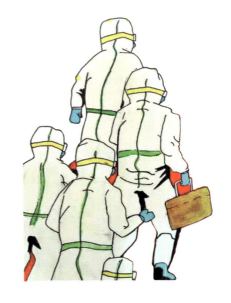

妈妈，我亲爱的妈妈，
等你消灭病毒，
脱下防护服，
摘下口罩，

没礼貌的口罩

温州市苍南县少艺校五（5）班　朱可
指导老师　杜乃聪

春天还没有来到，
无论男女老少，
都纷纷戴起了口罩。
口罩也不知不觉，
成了这个春季的时髦。

自从戴起了口罩，
街上的行人越来越少。
大家来去匆匆，
往年熟悉的问好，
好像都忘掉。

不是口罩没礼貌，
而是勇敢的口罩，
要与这个新型冠状病毒过招。
加油，加油口罩！

梦里

湖南民族职业学院附属小学
三（180）班　易依晨
指导老师　陈迎

梦里，
我发明了，
一台超级吸"尘"器。
开关一按，
世界上所有的冠状病毒，
都被吃进了它的肚子里。
我还把它丢进了
滚烫滚烫的水里，
煮了整整一个晚上。
你瞧，
我攥得紧紧的手心里，
还有水蒸气呢！

魔洞

连云港市师专一附小教育集团盐河校
区四（4）班　姜浩轩
指导老师　金培付

妈妈告诉我，

我们现在就像爱丽丝掉进了

魔洞，

遇到了无比邪恶的冠状病毒，

我们不能随便出门了。

人们出门都戴着大大的口罩，

空气里弥漫着消毒水的味道，

病毒笼罩了我们的家园。

我要借爱丽丝手里的斩首剑，

用力一挥赶走病毒。

我要借来哪吒的火尖枪，

喷出炽热的火焰消灭病毒。

我还要借太上老君的宝葫芦，

把病毒统统投到他的炼丹炉里，

让我们重新获得自由自在的

生活。

魔法

扬州市邗江实验学校三（12）班
汪钰柏　　指导老师　丁云

这些病毒，

一定都会魔法，

把我们变成了

一只只冬眠的小动物。

在家睡觉，

全都不能出门。

但是我知道，

那些白衣战士的法力，

一定比病毒们强。

总有一天，

我们会一齐摘下口罩，

冲出家门，

庆祝我们解除了魔法。

没收

潍坊市潍城区青年路小学三（1）班
李洁萌　　指导老师　李桂英

春风没收了

冬天的寒冷，

白衣天使没收了

新型冠状病毒的自由。

哈哈哈，

我可以出门，

没收杏花、樱花、桃花的

芬芳了。

梦迎着朝阳欢笑

浙江　李爱眉

夜被闹钟

拉开了窗帘，

晨光调皮地

溜进房间，

昨晚做的梦，

躲进被窝里不敢出声。

窗外口号声声响：

"万众一心，众志成城"，

化作丝丝缕缕萦绕心头的嘱咐。

被窝里的梦，

悄悄地，悄悄地，

探出头来，

正好迎着朝阳送来的祝福，

欢笑了。

你的眼神（外一首）

宝鸡市实验小学童心诗社　张竞伊
指导老师　李薇

你，
戴着厚厚的白色口罩。
我看不清你的样子，
却分明感受到，
离开亲人时，
你不舍的眼神。

你，
穿着厚厚的白色"盔甲"。
我分不清你的性别，
却看见了，
在病魔和死神面前，
你坚定的眼神。

你，
套着大大的面罩。
我辨不清那么多一模一样的你，

那一双双疲惫的眼睛里，
却写着相同的爱与希望。

可恶的病毒，
我们不会再害怕。
我知道，
我们之间永远隔着
一堵坚固的墙，
那就是你——
白衣天使。

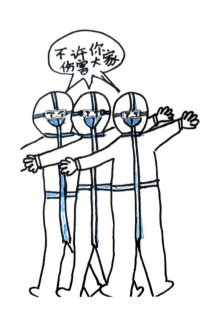

亲爱的大自然

狐獴警觉地竖起了头，
麻雀笑嘻嘻地飞上树枝。
是谁养育了它们？
是亲爱的大自然。

清澈的河水叮咚作响，
葱茏的树木茁壮成长。
是谁创造了它们？
是亲爱的大自然。

亲爱的大自然，
您完全可以收回一切，
您却一直无私地奉献着。

您比金雕还要强壮，
让我们在您的臂弯中，
幸福地生活。
我要把最甜美的果实
送给您；

我要把最清澈的湖水
献给您；
我要把世界上最美的
景致回馈给您——
亲爱的大自然母亲。

逆行，最美（外一首）

宝鸡市实验小学童心诗社　刘锦旭
指导老师　徐昇

疫魔来了，
很多人担心害怕，
很多人病倒床前，
可你们却迎难而上。

医院里，
一直是你们忙碌的身影。
病区内，
一直是你们坚守的阵地。
你们中多少人，
汗水已湿透衣背，
脸颊已磨出伤痕，

双手更是泛起白泡。

累了，就在地上躺躺。

起来，依然走进病房。

你们逆行，

身影最美！

人和动物

人和动物，

有个共同的家园——

地球。

许多动物，

本该生活在深山，

却成了人类餐桌上的"美食"。

人和动物，

本该在一个星球，

和谐相处。

为什么人类肆意捕杀，

让病毒张狂传番？

年禧·战疫

佛山市顺德区龙江苏溪小学五（2）班
陈盈欣　　指导老师　林江玲

新春到来，

却无过往的热闹，

人们感受着从未有过的宁静。

在这岁旦，

是谁悄无声息地偷袭，

掀起了一场无声的战争，

将节日的喜悦深深地压制？

看似力量悬殊的战役，

看似无须一决高下便胜负已分

的战役，

却因为一群逆行者

强行掰拽着天平而反转，

他们将这筹码紧紧地、

紧紧地抓住。

他们争取着、努力着、坚持着

放飞春天的蒲公英，

让它们越过严冬的寒梅，

35

让它们摇醒春日的黎明，

再把这漫天的乌云轻轻地、

轻轻地拨开，

亮这万家灯火，亲我大好河山。

拍手歌

——写给为抗疫留在家中的小朋友

北京市第一幼儿园　陈元希与妈妈

你拍一，我拍一，

小朋友们请注意。

你拍二，我拍二，

病毒来袭不要怕。

你拍三，我拍三，

戴好口罩保平安。

你拍四，我拍四，

待在家中不惹事。

你拍五，我拍五，

画画唱歌跳个舞。

你拍六，我拍六，

家庭运动新潮流。

你拍七，我拍七，

做完游戏来学习。

你拍八，我拍八，

健康生活好娃娃。

你拍九，我拍九，

全国人民手拉手。

你拍十，我拍十，

战胜疫情终有时！

盼

佛山市顺德区龙江聚龙小学六（1）班
卓琳妍　　指导老师　梁兆玲

华夏的儿女，

盼——

春天里的阳光照遍大地。

华夏的儿女，

盼——

所有的逆行者旦日凯旋，

与家人团聚。

华夏的儿女，

盼——

武汉的阴霾早日散去，

相约武汉看樱花。

捧阳光的小孩

安徽　郑秀云

窗外很静，

满眼都是绿色的草地，

没有虫鸣，

没有蝶飞。

阳光从云朵里跑出来，

在房顶上戏耍，

在玻璃上逗留。

突然，

一个小孩从阳台的格子窗

伸出一双小小的手掌来，

捧着阳光一动不动，

仿佛这一动，

阳光就会跑掉，

再也不回来。

去吧，妈妈

——宁波市驰援武汉的护士
俞佃瑜生日时收到六岁女儿
的画

海南　吴帆

新冠病毒这个恶魔，
正在武汉城里四处肆虐呢。

去吧，妈妈，
用你温柔的手，
轻柔地抚慰患病的人们吧！
就像你抚慰我一样。

你走的时候，
我正梦见老家的向阳山坡上，
开出一大片一大片的鲜花呢。
你说过，花干的时候，
春天就到了。
是吗？

你不知道吧，妈妈，
从你走的那天起，
我每天在日历上画一个爱心，
你走了多少天，
我就画了多少个爱心。
直到你打败新冠病毒这个恶魔，
直到你把每个病人
都护理得好起来，
你会像一个凯旋的战士，
平安回家。

去吧，妈妈。
不辞而别的事我原谅了，
你三十岁的生日我也记住了。
等你平安回家，
我会陪你过一个迟到的生日；
等你平安回家，
你会笑得像山坡上的那一大片
鲜花。

人隔离，心更近

佛山市顺德区龙江聚龙小学五（1）班
林子琪　　指导老师　梁兆玲

疑似了，确诊了，增加了，
疫魔在肆虐；
封城了，堵路了，限行了，
疫魔在祖国大地狞笑着。
热闹的街道变冷清，
春节团聚变隔离，
恐慌在蔓延。

集结了，出发了，治愈了，
白衣天使逆行而上，
争分夺秒，
与病毒抗争。

有人捐款，
有人捐菜，
海外同胞从世界各地采购回口
罩等物资。

人隔离，心更近，
待到春花烂漫时，
定是战胜疫情日！

守望

大庆市三永学校四（3）班　王思铭
指导老师　曹立光

白衣天使，
守望着病人的生命；
交通警察，
守望着车辆及行人的安全；
公安干警，
守望着社会的安宁；
妈妈，
守望着社区，劝阻行人；
爸爸，
守望着厂区生产设备运行；
我，
守望着门锁转动的声音。

太阳是个好娃娃

宿州市萧县实验小学五（14）班
刘文情　　指导老师　张晓鹏

太阳是个好娃娃，

整天东忙西忙，

到底在干些什么？

原来，

它在空中忙着杀病毒，

忙着帮没办法出门的爷爷奶奶

种花，

忙着帮我们晒干衣服，

忙着给我们取暖。

哦，原来

它在忙着和我们一起抗疫呀！

天空是一张明信片

河北　关义军

下雪的天空，

是一张白色的明信片。

我用雪花写上一句句祝福，

送给武汉的小朋友。

虽然我不知道你们的地址，

但风孩子一定知道。

下雨的天空，

是一张绿色的明信片。

我用雨滴写上一句句问候，

送给武汉的小朋友。

虽然我不知道你们的姓名，

但风孩子一定知道。

多云的天空，

是一张卡通明信片。

我用树枝写上满满的思念，

送给武汉的小朋友，

虽然我不知道你们学校的名字，

但风孩子一定知道。

风孩子知道所有人的信息，

我相信，

它很快就会把你们平安自由的

好消息

告诉给所有人。

天使

宿州市萧县实验小学　纵烁谚

指导老师　张波

你见到的天使有翅膀吗？

没有。

但他们穿着独有的白色战袍，

那战袍无比炫丽！

你见到的天使会魔法吗？

不会。

但他们能够治病救人，

不断地给我们送来希望！

你见到的天使应该很美丽吧？

是的。

他们的外貌和心灵一样美，

是我们心中最美的人。

你见到的天使是最勇敢的吗？

当然！

他们不顾生死，

与时间赛跑，

与病毒厮杀，

始终冲在抗疫的最前线，

他们有一个共同的名字——

医生。

天使礼赞

辽宁　蔡静

百合花盛开的季节，

你翩然而至。

在我眼前绽放成一个跳舞的

精灵。

曾经少女的梦想，

温柔、淡定，

幻化成南丁格尔圣洁的靓影。

春天来了，

可以做一次最美的远行。

春风中的守望，

只为生命的永恒。

一个个灿若明星的微笑，

一次次针尖上的轻盈，

生命的廊桥之上，

你洒下一抹曼妙，

她留下一串欢声。

抗击新型冠状病毒的战争中，

你用生命呵护生命，

梦幻的色彩，

唤醒了濒临死亡的魂灵；

天使的爱心，

温暖了疫情中的百姓。

人民需要你，

你就是铁打的营盘里流水的兵。

当患者将感恩的勋章

挂在你的胸前，

你反而从容、安静。

一瓣心香、一阕宋词，

描摹不出你的伟岸、你的个性。

那就默念一段心经，

祈祷上苍，

降一场花瓣雨，

化作一剂甘露，

用平凡净化世人的心灵。

通往春天的路

广东　马忠

通往春天的路，
并不比外婆家远。
穿过几片雪花，
拐一个寒冷的弯，
就能到达。

可是，
突如其来肆虐的病毒，
像一块大石头，
挡在了路上。

我看见，
许多叔叔阿姨跑过来，
齐心合力把这块石头
搬走。

我的战斗

温州市苍南县灵溪镇第二小学五（6）班
杨云舒　　指导老师　林乃聪

最近，
神秘的新型冠状病毒
封锁了学校的大门，
空荡荡的街道像一座空城。
我被囚禁在家里，
但是我还有反抗的自由，
——我不理它们！
我写作业，我看书。
我知道它不会善罢甘休，
它会乘着唾沫战斗机，
一个劲地撒播疫种，
恐吓我。
但是，在不久的将来，
新冠病毒疫苗出现，
定会把它们打得落花流水，
让它们荒落而逃。

我和春天隔了一层帘

山东　韩志亮

我和春天之间，

隔了一层纱样的帘。

孤单，

我在里面；

还寒的春天在外面，

裹着单薄的衣衫。

迎春花开放，

瑟瑟在廊下，在窗前，

在寂寂庭院，

我们相对无言。

蹑着手脚来袭的，

是痛，是愁思，是伤感。

缺席了欢畅

和那种润心润肺的甜。

仰望苍穹无际的蔚蓝，

我渴望眼中划过，

那道久违的、黑色的闪电。

对，北归的新燕，

火一般的光芒，

倏忽间，

载回我们美好而真实的春天。

我确定，

美好而真实的春天，

是平安，是团圆，

是爱，是福，是暖，

是花朵在心田绽放，

是笑声朗朗，

海潮一样，

是笑脸争奇斗艳，

花朵一般。

我们是一家人

【秘鲁】利马中秘洛瓦学校四年级
魏涵桥和爷爷

爷爷说：

中国今年春节很特别，

家家户户都没张灯结彩，

也没有放鞭炮。

为什么呢？

因为到处蔓延着病毒。

奶奶说：

中国今年春节很特别，

家家户户都没带小孩外出拜年，

少了很多红包。

为什么呢？

因为疫情蔓延小区都封闭了。

爸爸说：

中国今年春节很特别，

学校迟迟不开学，

工厂迟迟不开工。

为什么呢？

因为疫魔到处传染，

暂避风头吧！

妈妈说：

中国今年春节很特别，

繁华的武汉成了重灾区，

而各地医生护士正往武汉跑。

为什么呢？

因为医生说：

"抗击疫病、救死扶伤

是我们的天职。"

哥哥说：

中国今年春节很特别，

出门人人都要戴口罩，

而口罩很难买到。

为什么呢？

因为疫情严重，

口罩脱销，供不上。

这天，爸爸妈妈出现在邮局里，

神情凝重，正忙着装包裹，

寄回中国。

为什么呢？

因为大家心里都默念着，

我们是一家人！

我们在春天的怀抱里

潍坊市潍城区青年路小学三（1）班
赵金华　　指导老师　李桂英

咚咚咚，沙沙沙，

什么声音？

噢，原来是雷公公敲着鼓，

小雨在伴奏，

他们赶跑了瘟神，

在叫醒熟睡的大地。

看！

那边怎么那么热闹？

哇，原来是柳树姑娘，

穿上了嫩绿色的裙子，

甩着长长的辫子，

在春风的陪伴下翩翩起舞。

闻！

咦，哪里来的花香？

呀！原来是迎春花姐姐

带着五颜六色的小花妹妹们

在迎接春天呢！

原来春天真的来了，

我们就在春天的怀抱里。

我相信春天

北京　张菱儿

我相信春天，
虽然春天也会有倒春寒，
它会撒下冰冷的雪，
把一株株嫩芽摧残。
我相信东方吹来的风，
会把一切严寒吹散。

我相信春天，
虽然春天也会有饿狼出现，
它会龇着尖利的牙，
把一只只羊紧紧追赶。
我相信握枪的猎手，
会把饿狼追逐到天边。

我相信春天，
它能让冬天的冰雪融化，
能让深埋在地下的种子发芽，
能召唤南飞的小鸟

快快向北出发，
能让枝头绽放出美丽的鲜花，
也一定能把冠状病毒打回老家。

我相信春天，
相信高举的拳头，铮铮的誓言，
相信万众一心共渡难关，
更相信有爱，
这个世界就会更温暖。

我想

黑龙江　王如

我想，

把学校搬进家里，

同学们一起上网课。

我想，

把草原搬进家里。

小伙伴一起去踏青。

我想，

把黎明河搬进家里，

陪着爷爷来钓鱼。

我想，

还是先一起努力，

把病毒都消灭，

理想才会实现。

我想当爸爸的领导

（外一首）

大庆市兰德学校六（2）班　郭偌辰
指导老师　曹立光

真想当爸爸的领导，

每天都能看见他，

每天都能听到他的声音。

我要是当了爸爸的领导，

就不会让他值班、加班、熬夜。

会让他放下手中的工作，

为我讲笑话，

指导我学习。

可是，可是，

我不是爸爸的领导。

不过，

我可以在家等，

等抗疫的爸爸凯旋，

看爸爸睡好吃饱，

给他捏肩捶背讲笑话。

（注：郭偌辰爸爸是大庆市公安局一名
警察，一直战斗在抗疫前线。）

阳光是奢侈品

小花在角落里，
冷风吹得她摇来摇去：
"你怎么了？"
她摇摇头默不作声。
石子跳到她身旁：
"你怎么了？"
她摇摇头默不作声。
青苔长满一块砖：
"你怎么了？"
她摇摇头默不作声。

远处的发热门诊里，
每个人的脸上都是冬天。
十四天过去了，
一阵温暖的风吹来，
阳光终于照在她的身上。
她，转过身，
露出了粉红色的笑脸。

我想对天使说

北京市中关村二小五（10）班
徐竹馨

我听说，
每个孩子在出生之前都是一个
小天使，
在天堂自由自在地玩耍。
如果是这样，
那我在天堂一定有很多
天使朋友才对。
我想对他们说：
你们别光顾着玩，
低头看看哪！
这里有一片土地——中国！
这里的人们
正在和一群头戴大花冠的病毒
进行殊死搏斗。
这里的医生化身成无畏的战士，
这里的战士进化成钢铁护卫，
这里的人民英勇无比，

49

就连这里的孩子都成了

守卫堡垒的士兵！

可是，这个病毒那么嚣张，

它刀枪不入，水火无惧。

好多和我一样的中国人，

变成了新闻里一个个数字，

还有好多人……

去了天堂。

小天使们，你们见到他们了吗？

他们走得匆忙，

肯定还有好多话没对家人说。

请你们一定照顾好他们、

安慰好他们

请告诉他们

我们一定会守好阵地！

我们的战士也一定能

打赢这些病毒！

到时候，

我们会摘下

它们耀武扬威的花冠，

将它们永远封印。

但是，小天使啊，

我的朋友们，

我还有更重要的事情

要恳求你们，

那就是——

请你们一定一定要

守护好我们的白衣战士！

尽管他们看起来像

白色的钢铁奇侠，

其实他们不但疲惫还很脆弱。

他们是为了守护我们

才冲锋陷阵，

他们是在用血肉之躯

召唤着这片土地的春暖花开。

他们不能变成数字，

人间需要他们照亮。

小天使啊，

我的朋友们，

我想对你们说：

现在是中国的春节，

也是全世界最温暖的节日，

因为它象征着团圆、希望和爱！

如今，我们的欢乐被入侵了，

但是我们不怕!
拜托你们记得我的托付，
等我们打赢这场仗，
请你们来看
我大中华繁花似锦的艳阳天!

我要的春天

江苏　丁云

我要的春天，
风筝在天上飞着，
鸟儿在枝头叫着，
孩子们在草地上跑着，
蜜蜂在花园里忙着。

我要的春天，
阳光一定是温暖的，
春风一定是柔和的，
是可以跟着爸爸妈妈
去踏青的。

我要的春天，
不是戴着口罩的，
不是冷冷清清的。

爸爸抱抱我说：
等驰援武汉的妈妈回来，
一定会迎来一个
彩色的春天，
快乐的春天，
我想要的春天。

我愿是……

温州市苍南县第一实验小学六（4）班
钱芮可　　指导老师　林乃聪

我愿是一颗星星，

黑暗中发出微弱的光芒，

指引忙碌到深夜的人们回家。

我愿是一束阳光，

叫醒每一个安静的早晨，

让人们享受温暖的怀抱。

我愿是一只小鸟，

在忧伤的日子唱响欢乐的歌，

呼唤着春天把希望播撒。

五彩的春天

潍坊市潍城区青年路小学三（1）班
赵英豪　　指导老师　李桂英

小溪融化，

冲走了瘟神的欢畅；

风儿轻吹，

带走了疫魔的毒刺；

雨点滴滴，

洗净了人们的痛苦；

叶儿尖尖，

挡住了恶疫的去路。

白衣的纯洁，

戎装的迷彩，

晶莹的汗珠，

鲜红的血液，

你们

捧出了五彩的春天。

武汉的小朋友

安徽　牛保军

我知道，
你们就像一只只笼中的鸟，
一个可恶的妖魔，
把你们紧紧地锁住了。
锁住了花圃里的花儿，
锁住了小径上的小草，
还锁住了暖暖的春光。

不要怕！
咱一点儿也不能怕，
有亲爱的南山爷爷在，
有各地援助的医护叔叔阿姨在，
有十四亿双眼睛在，
有铜墙铁壁保护着我们，
我们就在家里再乖乖地等几天。
到时候，春光正浓，
我们一起跳跃在祖国的蓝天下。

武汉，加油（外一首）

山东　孙雯雯

外面刚响起了噼里啪啦的
鞭炮声，
爸爸的电话响了，
又要去巡逻。
我拉着他的大手不放，
爸爸摸摸我的头，
“安全重要，
总得有人去检查呀！”

热气腾腾的饺子刚端上桌，
妈妈的电话也响了，
又有危重病号。
我的小嘴噘得老高，
妈妈不好意思地挥挥手，
“来了病人，
总得有人管啊！”

爸爸妈妈不能陪伴我，

其实，我也不难过，

我有钟爷爷的关心，

还有李奶奶的照顾，

武汉一点儿不孤单！

武汉的春天很温暖！

森林审判大会

今天，

森林法庭开审判大会。

原告：人类

被告：蝙蝠.

人类向法官控诉蝙蝠传播

新型冠状病毒。

蝙蝠委屈地说，

我的身上确实有病毒，

但是我躲起来了啊。

藏到了房檐下，

钻进了山洞旦，

可我不管藏到哪里，

还是被搬上了人类的餐桌。

人类低头不语，

原告证据不足，

蝙蝠反败为胜。

除了蝙蝠，

还有很多动物对人类不满，

在动物们的一致要求下，

森林法庭让人类好好反思：

1. 封城封路闭门思过；

2. 屋里屋外，楼房庭院，

    彻底消毒；

3. 戴口罩，管住嘴，

    不聚餐，不聚会，

    不把动物当美食；

4. 反思期间，如不执行者，

    马上隔离；

5. 执行监督者——医生护士。

武汉，你看到了什么？

北京　金本

是片片冬雪从天而降吗？

不，

那是洁白的防护服在闪光。

危急时刻，

六千名白衣天使啊，

登时聚集在你的身旁。

丢下碗筷，告别孩子，

背起背包，奔赴战场，

他们大声说：

"我们在，就是希望！"

是条条流云涌向远方吗？

不，

那是急驰的列车在鸣响，

物资短缺，

这是紧急信号啊，

第一时间立即送往。

防护器材，急用药品，

新鲜蔬菜，瓜果油粮，

他们大声说：

"我们在，就是保障！"

是道道霓虹在天空飞扬吗？

不，

那是耀眼的迷彩服闪烁光芒。

床位不足，

两座医院拔地而起啊，

军事化管理堡垒般坚强。

军医军护，严防死守，

精准施救，确保健康，

他们大声说：

"我们在，就是力量！"

小大人

江苏　徐继隼

妈妈是一名医生，
她在医院里，
夜以继日，
与死神抢夺生命。

爸爸是一名交警，
他在十字路口，
目光坚定，
疏散车流与行人。

我是一个小大人，
我在家里，
洗衣、做饭、写作业，
还要守好家门。
可不能让爸爸妈妈
再分心。

写给南方的小燕子

北京　庞硕

立春了，
南方的小燕子，
是不是也该回来了？

燕子啊，
请你在启程前，
用锋利的剪刀翅膀，
减掉南方的团团黑云吧！
让明媚的春光，
洒在孩子们身上，
照得冠状病毒无处躲藏。

燕子啊，
请你在启程前，
打开清脆的喉咙，
把一首好听的歌儿唱。
献给日夜奋战的白衣天使，
让一串串音符，

在她们心里跳跃闪光。

燕子啊，
请你在启程前，
衔起一份份喜报吧。
带来武汉胜利的消息，
带来湖北胜利的消息，
带来中国胜利的消息。

燕子啊，
北方的坚冰开始融化，
地里的小草正在萌芽，
我相信你也做好了准备，
将要展翅出发。

雪花的魔术

常州市华润小学六年级　周宜臻

雪花一片一片落，
落下一串一串音符。
谱一曲祝福，

唱给忙碌的你。

雪花一片一片落，
落下一个一个文字。
写一句问候，
念给辛苦的你。

雪花一片一片落，
落下一张一张卡片。
画一个微笑，
送给真诚的你。

雪花一片一片落，
落下一个魔术——
给树披上白衣，
给屋子披上白衣，
给大地披上白衣，
让我们都学你，
披上白衣的样子。

雪花天使

连云港市少年宫　张敬涵
指导老师　全培付

你是雪妈妈派来的吗？

不然，

你怎么和它那么像。

不顾个人安危

闯进病毒肆虐的战场，

用区区肉体丞救苍生大地。

巡街喊话

重庆　戚万凯

爷爷敲着锣，爸爸拿喇叭，

走街又串户，边敲边喊话：

"疫情防控好，安心待在家。

不要去聚会，洗手别忘啦。

有事要出门，口罩要戴好，

见面只拱手，拥抱就免啦。"

老人和娃娃，探出脑袋瓜：

"父子齐上阵，病毒回老家。"

颜色（外一首）

潍坊市潍城区青年路小学三（1）班
尹润霖　　指导老师　李桂英

您的名字叫白衣天使，

白色代表纯洁、端庄、无瑕、

神圣。

我更想叫您金色天使，

金色是我喜欢的颜色，

闪耀、华贵、光荣、辉煌。

金色也是太阳的颜色，

您用阳光消融了病毒，

温暖了病人的心，

照亮了春天的路！

春天来了吗

春天来了吗？
窗外雨点滴滴答答，
在和我说话。
春天来了吗？
从墙外探出一片嫩芽，
在邀我玩耍。
春天来了吗？
天空中飞起一盏彩灯，
是在祈福吗？

春天真的来了，
可是新冠病毒
把春天关在了窗外，
我只能拿起画笔把它入画。
我相信，
瘟神很快会被送走，
我可以到野外亲吻桃花。

爷爷是个老党员

河南　王艳萍

爷爷今年七十三，
疫情来了不停闲；
超市买来米和菜，
在家忙碌做盒饭。
我给爷爷搭把手，
择葱洗菜我来干；
盒盒饭菜都装满，
送给防疫值班员。
问他为啥这样做，
他说我是老党员。

一个人的盛宴

江苏　龚天羽

刚上桌的饺子热气腾腾，
爷爷喊了一声"开饭"——
全家围坐，
今年的年夜饭缺了一人。

爸爸站在门外，
既没进来，也不作声。
他是一名传染科医生，
天刚亮时出的家门。

他找了些砖头，摞成两堆，
高的作桌，矮的当椅。
隔着窗户接过几个盘子，
摆了桌一个人的年夜饭。

奶奶眼含热泪，爷爷频频举杯，
妈妈看着爸爸只说了一句：
"心在一起，就是团圆。"

简单的话语，却气荡肠回。

冷雨打湿了爸爸的脸，
饺子也必定凉透，
妈妈想帮他热一热，
他摆了摆手，开始狼吞虎咽。

夜更深了，
爸爸整了整衣衫，
默默走进夜色中。
他未说一言，
我们坚信他定会凯旋，
跟我们一起吃顿热乎饭。

医生

扬州市邗江实验学校三（12）班
王嘉然　　指导老师　丁云

小时候，

他们是我害怕的人。

白色的衣服，

大大的口罩，

不是给我吃苦苦的药，

就是给我打很疼的针。

现在，

我觉得，

他们是最可爱的人。

不畏病毒，

不怕自己染病，

守护我们的安全！

疫

淄博市高新区第一小学四（3）班
荣绍媛　　指导老师　王爱玲

疫，

是祖国妈妈最大的一滴眼泪，

它带走了一个个美丽的生命，

带走了欢乐和笑声，

还带走了

祖国妈妈的笑容。

亲爱的叔叔阿姨们，

正在努力擦干，

这滴大大的眼泪。

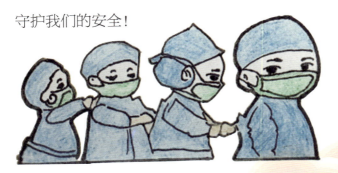

疫情期间不出门

遵义市桐梓县灯塔小学五（9）班
冯亮嘉

佳节里，待在家，
不怕魔爪到处抓。
抗病毒，你我他，
战胜灾难顶呱呱。

疫训

杭州市二中白马湖学校小学部四（1）班
朱奕铭　　指导老师　王来润

疫是为人训，
勿触野物也。
已时有此训，
为何故犯乎？

因为爱你

——蝙蝠的自述

黑龙江　吴兰婷

因为爱你，
所以，我才远离。
我在山洞里，
独自荡着秋千；
我在冬季里，
做着春秋大梦；
我在深夜里，
赏月，觅食，追星星。
为此，我还得安装
声呐系统。

因为爱你，
所以，我才远离。
我不能让病毒，
到处横行。

因为有你

——致白衣天使

北京大学附属小学肖家河分校五（2）班
刘子瑜

紧勒的护目镜和N95，

挡不住你天使般的笑脸；

厚重的防护服，

丝毫不影响你步履的矫健。

当你走出病房，

才发现已经灯火阑珊。

两盘小菜，一份白饭，

那是你一天的"大餐"。

你，是父母的女儿，

你，是孩子的母亲，

你，奋战在抗疫的一线。

也许，你不是称职的女儿，

也不是称职的母亲，

但你守护着每一位患者的平安。

有人说，

这个春天离我们好遥远，

我要说，

其实春天一直在我们身边。

因为有你，

即使最严寒的冬天，

也充满了春天般的温暖。

英雄

宝鸡市实验小学童心诗社　南嘉萱
指导老师　李晓萍

这个春节，

中国面临着一场

从未见过的紧张战役！

我们的敌人，

叫作新型冠状病毒。

在这场可怕的战役中，

钟南山爷爷临危受命，

挺身而出！

医院里的叔叔阿姨们，

没来得及吃一口年夜饭，

就奔向了最危险的战场！

他们不过是一群普通人，

只换上了厚重的防护装备，

就变成了勇猛的白衣战士！

他们

通宵达旦，

挡在我们前面。

不退缩，不屈服，

与病毒作战，

和死神抢人。

他们一个个

都是我们心中的伟大英雄！

英雄赞

成都市实验小学战旗分校四（3）班
周麟轩　　指导老师　龙亭如

你走了，

在春天的夜里；

轻轻地，

没留下一丝痕迹。

夜太黑，

太冷，

你可有明灯指路？

可有棉衣御寒？

从此，

世上不再有你。

但你的名字，

却深深地

印在十四亿人的心里。

由来

北京　童子

为什么有彩虹，

又有暴雨和狂风？

追问天气的由来，

太难了。

为什么有猫头鹰，

又有它栖身的橡树林？

追问生命的由来，

太难了。

为什么有河流，

又有大海、港口和船只？

追问意义的由来，

太难了。

为什么有星星，

又有星星与星星之间的

无边无际的黑色时空？

追问宇宙的由来，

太难了。

作为把世界改变得

一天和一天大不同的人，

对自己所做的

每一个决定的由来，

又了解多少呢？

为什么有爱与责任，

又有欺骗、谎言和战争？

追问人的欲望的由来，

太难了。

雨后的晴天

杭州市绿城育华翡翠城学校四（2）班
姚天蓝

雨后，去公园走走吧。

太阳公公在天空中伸着懒腰，

小草坚强地抬起了头，

花儿迷迷糊糊地睁开眼，

小溪哼着快乐的歌，

树叶刚刚洗过澡。

快看，天空上彩虹姐姐也在笑。

穿上鞋子，

去草地上跑跑步；

带上放大镜，

去观察树上的生物；

拿上一本书，

去明亮的阳光下读书。

如果嫌太麻烦，

那干脆什么都不带，

躺在柔软的泥土上，

用心去听听大自然的倾诉。

哦，多么美妙的一天啊，

陶醉在大自然的怀抱中，

不想离去，

谁还愿意玩手机呀？

雨娃娃来了

潍坊市潍城区青年路小学三（1）班
刘怡凡   指导老师   李桂英

滴滴答答……

春娃娃问：

是雨娃娃来了吗？

是我，是我。雨娃娃回答。

你怎么来了？

听说新冠病毒被赶走了，

我来和伙伴们一起玩耍。

花儿、草儿来了，

讲故事，做游戏，唱歌，

嘻嘻哈哈。

暂停

宝鸡市实验小学童心诗社　晏昊晨
指导老师　李薇

沉寂，

不堵车，

晚上七点像凌晨三点，

中国像被按下了暂停键。

因为病毒，

我们把繁华藏起来了。

但我们同时看到爱和希望，

比病毒蔓延得更快。

战斗在一线的英雄，

不顾一切保护着我们的生命。

别怕！

我们再等一等！

等祖国重新按下播放键，

等城市里的人

多得挤不到这班公交车，

人们熙熙攘攘

奔跑在奋斗的路上；

等没有疾病，

我们脱下口罩相互问候；

等春暖花开，

世界也恢复了本来的样子。

暂停键

扬州市邗江实验学校三（5）班
毛兴扬　指导老师　丁云

原来热闹的大街小巷，

一下子变得冷清了；

原来堵成长龙的高速公路，

一下子变得空荡荡的了；

原来要排队等号的饭店，

一下子人也变得寥寥无几。

世界就像被按下了暂停键，

窗外，

只能听到树枝摇动的沙沙声

和小鸟的鸣叫声。

67

这是为什么？

因为有一种病毒来到了人世间。

它让一些人只能在家，

它让一些人难以归家，

它让一些人失去了家。

"病毒，你真不受欢迎，

赶紧回去吧！

我要让这个世界，

重新开始播放呢！"

宅家

上海　王海

爷爷宅家中，

电脑学精通。

爸爸宅家中，

喜欢"云办公"。

妈妈宅家中，

爱上餐事工。

奶奶宅家中，

教我画彩虹。

战疫情

山东潍城区永安路小学二（2）班
胡宜辰　指导老师　孙雯雯

这个年，

过得并不轻松，

因为一种新型病毒的入侵。

口罩、防护服把兄弟姐妹

从四面八方招呼过来，

蔬菜、水果早早地

坐着大卡车来到抗疫一线，

消毒水没日没夜地与病毒大战，

救护车、直升机忙得大汗淋漓。

狡猾的病毒不停地变身，

可是无论它怎么变，

都逃不出医生、护士的手掌心。

召唤一朵云

黑龙江　刁江波

如果你在家里，

被隔离了很久很久，

那你有没有想过，

在房间里召唤出一朵云。

制作它的魔法，

是恰到好处的

爱、信心和勇气。

当一切准备就绪，

就可以召唤出一朵云。

这个春天

大庆市湖滨学校七（3）班　李睿涵
指导老师　曹立光

"社区送酒精的工作人员什么

时候来呀？"

"本市又增加了一个感染者"……

这个春天，

没有刺破天空的飞鸟，

空气中始终弥漫着

病毒一样的紧张。

我望向南方，

凝望阳光射来的方向。

这个假期我在家

宝鸡市实验小学童心诗社　张轩嘉
指导老师　徐昇

春节看望外公外婆的计划，

取消了。

全家的春节旅行，

泡汤了。

和小伙伴玩耍的机会，

也没了。

我不难过。

坚持在家，

自主学习，锻炼身体，

不给前方救治添乱，

不给更多的人添麻烦。

这，就是我，

一个小学生，

向病毒发出的无声讨伐！

这就是你们大人说的
"寂寞"吗（外一首）

宝鸡市实验小学四（1）班
佘尚达　指导老师　李晓萍

我的寒假作业写完了，

却没有人来收走；

我借同学的那本漫画，

至少已经翻过六遍，

却没有人催我还他；

压岁钱我私藏了五十块，

却不知道能去哪儿买点儿什么。

老师出现在 iPad 上，

我的眼睛很疼，

只能听出是她的声音；

爸爸妈妈慌忙地采购

酒精和消毒水，

为买不到口罩而烦恼；

爷爷奶奶整天打着电话，

有话没话地说着，

最主要是叮嘱我不能出门；

家里的味道很像医院，

让我想起那个

拿着针管的护士阿姨。

小足球躺在角落，

等着我上去狠狠地踢它几脚，

但我却不能这么做。

我和小足球都第一次

感觉到了

寂寞。

我想要，我不要

我想要，

被你夺去的团聚；

我想要，

被你夺去的生命。

我不要，

你带给我们的蛰居；

我不要，

你带给我们的恐惧；

我不要，

你带给我的口罩 N95，

我不要，

你带给我的酒精 75。

我想要

去一个地方，

在阳光灿烂的下午，

看萋萋芳草旁

健康的人们尽情歌舞。

那个地方，

在武汉，

叫作鹦鹉……

71

这里是中国

黑龙江　黎光

（一）

弯腰，轻轻敲开每辆车的窗户，
测温仪阳光下耀眼：
"谢谢，请配合工作！"
温柔的声音加速二月雪的融化。
看不见她们的面容，
口罩边缘的白霜在诉说寒冷。
此时此刻，能做的是，
迎上去，额头是最好的问候。

（二）

发热门诊缺人、
急救病房缺人……
那么多的白衣、白帽、白裤、
白口罩，
来去匆匆，擦肩无声。
没有命令——

心电仪每一步都是揪心，
吸氧器每一声喘息都是唤醒，
不能停下脚步，
死亡到生存就是
擦拭鬓角汗、喝口水的距离。

（三）

掐灭冠状黄昏，夜的脉搏平稳，
退烧的患者松开床单，
消毒水悄悄拧亮病房里的灯：
"我没事，你放心！"
二楼隔离病房中的她，靠着墙，
微信中，笑语氤氲眼眶。
正用青春
焐热病人孱弱呼吸的男人，
是她丈夫，与她隔着一层楼板。

（四）

取样，检测，送样……
奔跑在春天路上的车轮，
消退了春节的红晕。

从疾控中心到每个发烧门诊，

无名的志愿者们，

把温暖揣起，备份叮嘱。

前行路上，救护车呼啸而过，

化验单站起又无力地坐下。

（五）

迎风的十字路口警灯在闪烁，

登记，排查，追踪……

皲裂的手为可疑的呼吸

装上监控，

社区工作人员消毒完毕，

环卫工人的扫帚把看得见、

看不见的统统聚拢。

无论是清晨，抑或灯火阑珊，

有人或无人处，总有人为你清扫。

（六）

风中的红灯不用劝阻，

守在家里的人们自我封路。

疫情面前有人高尚，

有人唾弃无耻，

有人焦虑恐慌，帖子里彷徨，

有人抚摸夤夜思忖良方，

有人握着手机哭泣，

有人脸上心里都戴着口罩，

有人迎着初升的太阳大声祈祷。

（七）

蹭掉形容词，此时的赞美

与抒情只会让母亲蒙羞。

这里是大庆——

一群人拼命在救另一群人；

这里是武汉——

一群人拼命在救另一群人；

这里是中国——

一群人拼命在救另一群人。

珍爱生命（组诗）
——抗疫主题汉字童诗

福建　聪善

珍

人们喜欢美玉，
因为它极其希少，
周身还会焕发灿烂光芒。
而自然万物，
比如阳光、空气、水，
动物、植物、微生物，
它们和人类息息相关，
远比宝玉更无价，
人类唯有珍爱它们，
它们才能成为人类
永恒的朋友。

爱

爱是爸爸的大手，
给我有力的拥抱；

爱是妈妈的笑脸，
洋溢着甜蜜的芳香；
爱是老师的眼神，
闪烁着智慧的光芒；
爱是好朋友的鼓励，
给人无穷的力量。
而所有的关怀和温暖，
都来自一颗炽热的心。

生

是一粒种子，
从土壤里冒出嫩芽；
是一头牛犊，
第一次颤颤地
站在大地的肩膀上；
是呱呱坠地的婴儿，
发出了第一声
响亮的啼哭。
是的，每个鲜活的生命，
都是献给世界的
一首赞美诗。

命

阿里巴巴对石头念出一句口令：

"芝麻开门——"

藏宝库的门便打开了；

我向自己大脑发出一声口令：

"展翅飞翔——"

一个精彩的想象世界便开启了。

而当病毒对我的身体发出口令：

"我要进入——"

我精心筑起的卫生防火墙，

会毫不犹豫把它挡在外面。

真正的英雄

宝鸡市实验小学童心诗社　金羽堃
指导老师　徐昇

我喜欢英雄，

我喜欢哪吒。

他脚踩风火轮，

脖戴乾坤圈，

手上拿着火尖枪，

他说：

"若命运不公，我就和它斗到底。"

哪吒是一个英雄。

我喜欢英雄，

我喜欢爱莎。

她穿着浅蓝色长裙，

双手一挥，

就能变出大雪怪。

她说：

"原来解冻的方法是爱啊。"

爱莎是一个英雄。

我喜欢英雄，

我喜欢紫悦。

它是一匹紫色的天角兽，

它的独角对准怪兽，

射出紫色的光芒。

它说：

"放下我的朋友，我留下。"

紫悦是一个英雄。

我喜欢英雄，

我喜欢钟南山爷爷。

17 年前，

他勇敢地打败了 SARS 病毒。

现在已经 84 岁了，

依然在研究打败冠状病毒的药。

他帮助人民，

挑战不可能，

他是一个真正伟大的英雄。

致敬白衣天使

宝鸡市实验小学萱心诗社　晏昊辰
指导老师　李晓萍

2020 年的春节，
我们在过年，你们却在为我
过关；
我们吃着年夜饭，与家人团聚，
你们却与家人分离。
当疫情严重时，
我们减少出行，
对病毒避而远之；
你们却换上战甲，
逆行而上，
将病毒锁死在前方战场。

身穿白褂的你们，
没有丝毫的畏惧与退缩，
只为照亮他人。
致敬，
最美的逆行，
生命的守护！

致敬逆行者

——写给抗击新冠肺炎的医护人员

安徽　张杰

你不是一棵大树，
却在我们最需要的时候，
撑起一片阴凉；
你不是一支火把，
却在我们最需要的时候，
释放最亮的光芒。

其实，你很普通，
就像大海中的浪花一朵；
其实，你很平凡，
就像田野里的绿叶一片。

在没有硝烟的战场，
在病魔肆虐的地方，
只要有你出现，
我们能看得见最美的春天。

77

捉迷藏

宝鸡市实验小学童心诗社　张菁希
指导老师　李薇

嗨，冠状病毒，

你是在和我们玩捉迷藏吗？

大夫说，

讲卫生，勤洗手，

可以让你找不到我。

老师说，

学习冠状病毒的知识，

可以深入了解你。

爸爸说，

早睡早起锻炼身体，

可以让你无迹可循。

妈妈说，

你就是一个病毒，

我们一起一定消灭你。

嗨，冠状病毒，

你害怕了吗？

你还和我们玩捉迷藏吗？

我们一定会找到你，

消灭你，

让你无处可藏！

自然妈妈真的生气了
（外一首）

宝鸡市实验小学二（1）班　胡思博
指导老师　徐昇

我有一个温柔如水的妈妈，

她有好听的名字，

还有漂亮的衣裳。

她有绘满鱼虾图案的长裙，

她有散发着花草香气的鞋子，

她有可以遮阳的柳树帽子，

她还有厚厚的森林外套。

可是有一天，我长大了，

拥有了越来越多的力量。

我听烦了妈妈的唠叨，

我躲开了妈妈的拥抱，

我用墨汁染脏了她的长裙，

我用石头磨破了她的鞋子，

我用剪刀剪断了她的帽子，

我还在她最心爱的外套上

钉满了大大小小的钉子。

这一次，妈妈真的生气了，

我被赶出了门外。

门外，

天寒地冻，

门外，

到处都是病毒坏人，

我害怕极了。

我哭着对妈妈说，

妈妈，

我好想念你的唠叨和拥抱，

我要放好墨汁、

丢掉石头、

收起剪刀、

拔掉钉子，

重新做让您骄傲的好孩子，

妈妈，我想重新回到您的怀抱！

请不要再生气了，

好吗，妈妈？

79

如果我有超能力

如果我有超能力，
我要变成一颗润喉糖，
钻进播音员阿姨的嗓子里，
让她们的声音传递温情，更加
美妙。

如果我有超能力，
我要变成一盒牛奶，
跳进交警叔叔的手心里，
让他们的身体充满力量。

如果我有超能力，
我要变成一副柔软的口罩，
跑到护士阿姨的脸上，
让她们的心更加勇敢，
不再慌张。

如果我有超能力，

我要变成一件温暖的外套，
扑进快递小哥的怀抱，
让他们不惧严寒，与时间赛跑。

如果我有超能力，
我要变成
坚硬的盔甲和锋利的剑，
站在医生叔叔的最前面。

如果我有超能力，
我要变成薄薄的手绢，
飞到钟南山爷爷湿润的眼旁，
让他的眼睛更加明亮，
指引我们前行的方向。

最后，
我将化身为宇宙无敌小喇叭，
飘在空中大声地喊：
戴花冠的病毒，
我们要消灭你！

最大的明星（外一首）

海口市秀峰实验学校　黄昭龙

自从新型冠状病毒出来后，
它就成了世界上最大的明星。
2020 年的整个春节，
没有一天，没有一个人，
不想着这个大明星。
我真希望这个大明星可以快点
乘坐我们的宇宙飞船，
飞到外太空去。
我们再也不想让这个大明星
来地球上做客了。

柚子皮口罩

妈妈在微信上看到，
有人用柚子皮
做口罩。

我和哥哥看了，

忍不住被它的滑稽逗笑。
爸爸妈妈却说，
真想哭。

最美

潍坊市潍城区青年路小学三（1）班
杨凯文　　指导老师　李桂英

您脸上口罩的印痕
一点儿都不丑，
那是您善良美丽的标记；
您的短发一点儿都不丑，
正是您的奉献精神，
给我们吃了一颗定心丸。

汗水一次次地湿透您的衣背，
为了节约资源您又过起了
婴儿时的生活——
穿起了尿不湿，
却没有能像婴儿般
生活在温暖的怀抱里。

81

不知道有多少个小时

没有休息了，

不知道有多久

没能和家人好好地说说话了。

我知道您也想家，

我知道您也想回家，

我知道您也是妈妈的孩子！

加油，超人！

有你们日夜守护，

我们才是安全的。

你们忘我地奉献，

才有我们的安然无恙！

战斗在一线的勇士，

你们是最美丽的人，

最值得尊敬的人，

你们是我心目中的盖世英雄！

做"大厨"

上海市浦东彩区尚博实验小学一（3）班

贺瑾瑜　指导老师　王爱玲

响应钟爷爷的号召，

我们乖乖宅在家。

爸爸尝试做了，

鲁菜、川菜、淮扬菜；

妈妈尝试做了，

银耳百合莲子羹，

柠檬枸杞罗汉茶；

而我尝试着做了，

DQ 冰淇淋、黑珍珠奶茶。

我们全家都成了"大厨"！

做游戏

江苏　高恩道

抗疫不出门，在家做游戏，

蒙上大口罩，套上大雨披，

抢救布娃娃，忙来又忙去。

奶奶连声夸："宝宝有出息！"

PART 2

愿你们
归来如往

YUAN NIMEN GUILAI RUWANG

疫情过后，晴空万里，
阳光明媚，再来抱你。
「爸爸妈妈去保护世界，
我会保护好自己！」

剪去一头美发
穿白衣的娘子军
不顾个人的安危
守万众同胞平安

病毒闯关记

深圳市荔园小学通新岭校区五（2）班　吕奕辰

指导老师　程艳

（一）特别的寒假

这是个特别的寒假，新型冠状病毒肺炎疫情蔓延全国，妈妈只好取消了早已订好的滑雪行程，全家安安心心在家里待着。每天，我们都守在电视机前，关心着疫情的最新发展。医生护士们不分日夜地治病救人，可还是有成千上万的人被病毒击倒。真是让人看在眼里，急在心里。此时此刻，我能为祖国做些什么呢？闭上双眼，我陷入了沉思。

（二）神秘球屋

一睁眼，我发现自己身处在一个圆形的大房子中，没有门和窗。我大声地呼叫，无人回应；又使劲敲打墙壁，还是无人应答。精疲力尽的我只好坐下来，细细打量起这个神秘的房子来。原来这是个粉色的几乎透明的球体，球壁摸起来柔软光滑，看起来薄薄的一层，却怎么也无法戳破。外面的光线有些昏暗，可以看到球壁外零零散散地分布着一些金针菇形状的粉色东西，"粉色金针菇"的根部紧紧抓着球壁，与这个神秘球屋融为一体。我到底在哪儿呢？

突然，一束阳光从外面直射进来，伴随着外面一个大大的喷嚏声，我感觉自己随着球屋飞了起来。透过球壁，我看到了熟悉的蓝天和绿树，一切都那么生机盎然。正庆幸自己要得救了，一阵风吹来，球屋飘到了两个大大的"山洞"前。紧接着，它带着我进入了其中一个"山洞"。四周毛茸茸又热乎乎的。一个声音响起来："哎呀，出门忘记戴口罩了，可别感染上'新冠'哪！"被吓着的我，一下子醒悟过来。难道，这个满身长着"金针菇"的粉色透明球屋，就是传说中的"新型冠状病毒"？

（三）病毒入侵

借着"山洞"里微弱的光，我往周围仔细瞧了瞧。天哪，我的球屋四周竟然全都是和它一样形状的病毒，它们争先恐后地冲向"山洞"深处。这一定是病毒们要开始向人体系统发动进攻了。我在病毒球屋里急得团团转，可是却没有办法阻止。如果病毒入侵了细胞核，这个没戴口罩的人就有生命危险了。

不一会儿，新冠病毒们飘到了细胞膜附近。尽管在现实中两者距离只有约2毫米，但和它们的体积比起来，却相当于是我们人类跑了5000米的距离。我又开始敲打球壁，希望可以冲出去阻止这些病毒继续前进。可事与愿违，每打出一拳，我的能量反而被病毒球屋吸收一点儿，它变得更强大了，前进速度更快了。

我决定先坐下来，仔细想想，再做打算。

（四）病毒大闯关

新冠病毒们一路顺畅地通过了"山洞"，也就是人的鼻腔。它们继续肆无忌惮地往前冲，在支气管这一要塞位置，抗体们出现了。这些白色抗体阻拦在病毒面前，病毒只好一阵横冲直撞。只见白色抗体将病毒锁在了一起，很多病毒就这样"成群结队"地被白细胞吞噬，剩下只有不到 20% 的病毒了，而我所处的那个病毒就在这 20% 之中。

剩下的新冠病毒们十分侥幸地通过了第一关。它们一触碰细胞膜，就有警察细胞过来检查搜身。但是这些病毒十分狡猾，它们东躲西藏，声东击西。又有一部分病毒被检查了出来，警察细胞把它们粘在了自己身上。可是仍有近一半的新冠病毒成功逃脱，它们透过细胞膜进到了细胞里面。

病毒们来到了第三关。一些蚕茧形状的细胞一直在蠕动，一旦发现有入侵者，它们就会立马迎上去，用酸性溶液把病毒分解，并把分解后的病毒碎片吞噬。可是凡事总有例外，一些病毒并没有被吞噬，反而冲破了那脆弱的茧状细胞的外壳，成功通过了第三关。此时，我旁边只剩一百来个病毒了。我心里想，细胞加油啊，一定要打败这群凶猛的新型冠状病毒。

存活下来的病毒终于闯到了第四关。这一关由许多 DNA 细胞组成，四周有许多运动蛋白。这一次病毒的目的是让那些运送营养的运动蛋白误认为它们是营养分子，将它们运输至细胞核中。运动蛋白火眼金睛，凭借以往经验，识别出了不少假冒分子，将它们阻挡在细胞核门外。然而，还是有数十个善于伪装的病毒蒙混过关了，我所在的病毒球屋也在其中。

为数不多的病毒又开始四处出击，试图进攻健康的细胞。顽强的人体细胞们又开始了新的一轮奋力抵抗。一波又一波的白色抗体朝着病毒们包抄过来，它们像特警一样，"嗖"的一下飞了过来。这时，病毒身上黏附着的一些警察细胞，变成了病毒追踪器，不管它们躲到哪里，白色抗体都能快速搜索到。找到病毒之后，白色抗体会紧紧地吸住它们体外的"金针菇"，并且迅速将自身的抗体蛋白传导到"金针菇"上。其他的病毒飞过来营救同伙，抗体蛋白又火速扑到了这些前来营救的病毒身上。白色抗体将病毒们首尾相连在一起后，便用尽全身力气，将病毒链从 DNA 细胞轨道上拖了下去。

病毒链一旦脱离行驶的轨道，细胞便将它们踩在脚下，直至它们破碎溶解，消失得无影无踪。

咦，我怎么还安然无恙？原来，我所处的透明球屋是"毒王"，它比其他病毒更狡猾，并没有去营救同伙，于是成了漏网之鱼，侥幸逃脱了。

（五）打败病毒

"毒王"一路横冲直撞，看来还是不想放弃对细胞核的进攻。这时，一个 DNA 细胞挡住了它的去路。"毒王"突然停顿了几秒，像是陷入了沉思。接着，它悄悄地往后移动，DNA 蛋白跟着它的步伐前进了几步。DNA 蛋白一不留神，"毒王"来了个 180 度的大翻身，一下就越过了 DNA 蛋白。这简直比过山车还要惊险，我吓出了一身冷汗，暗自祈祷这场战争快点儿结束。

"毒王"终于来到了细胞核附近。

可是要怎么进去呢？细胞核外表虽然没有细胞膜上的警察细胞来守卫，但特别坚固。强攻不可行，病毒打算采用迂回战术。它围着细胞核转了几圈，发现了几个很隐蔽的入口。入口很小，根本容不下一个那么大的病毒进去。入口处还有许多触手，摇来晃去，它们时不时抓住一些运动蛋白往细胞核里塞，以补充能量。

"毒王"佯装成运动蛋白，放慢速度来到一个入口前。触手伸了出来，一把抓住了病毒就往里塞，可是怎么塞也塞不进去，因为那入口实在太小了。触手以为这个超大"运动蛋白"遇到了障碍，更加使劲往里挤压。我坐在病毒球屋里，甚至也感受到了巨大的压力，耳朵开始嗡嗡叫起来。双方僵持了几分钟，突然，"咔嚓——咔嚓——"几声，病毒竟然被挤爆了，透明球壁瞬间一块一块地碎裂开来。

透明球屋终于粉身碎骨了，新冠病毒被彻底消灭！可我的身体也开始失重，随着碎片飞速往下坠落。不知是兴奋还是害怕，我哇哇大叫起来。

（六）武汉加油

"起床啦，太阳晒屁股啦！"妈妈的声音飘了过来。

我睁开了双眼，回想刚才的神奇经历，不禁打了个寒战。病毒的破坏力、传染力、进攻力、生命力都是那么强大，我们人类细胞最终能阻挡得住、战胜得了它们吗？

这时候，熟悉的电视新闻播报声在耳边响起来：

"钟南山院士团队已经破解了新型冠状病毒的致病机理和传播方式……

"武汉市确诊病例人数的增加已开始减速……

"全国各地最优秀的医务工作者纷纷组队前往湖北支援救治病人……

"多个研究团队正在研发治愈新冠肺炎的有效药物……"

振奋人心的消息接二连三地传来。

是的，我们人类面对如此强大的病毒并没有认输，也没有退让，而是选择了团结一致，坚强面对，奋力抵抗。我相信，正如我的梦一样，这强大的病毒一定能被更强大的人体细胞战胜。

加油，武汉！加油，中国！

车窗上的蜡笔画

湖北　徐鲁

美丽的小女孩王明泽，是广东省中山市三乡镇大布小学二年级的一名小学生，今年才满八岁。

2 月 14 日，小明泽和妈妈、外婆一起，从北方的哈尔滨乘坐着 Z238 次列车一路向南，打算返回中山市。

这个时候，北方大地到处还是白雪皑皑，厚厚的雪被子覆盖着辽阔的麦田；山坡上的小树林，每一棵树都戴着洁白的"雪帽子"……

列车到达沈阳后，小明泽又跟着妈妈、外婆转乘 Z235 车次。

也许是因为第一次出远门吧，小女孩一路上都兴奋得不得了。

火车驶过了宽阔的黄河，奔驰在辽阔的华北平原上。

隔着车窗玻璃，小明泽看到，外面不时闪过一片片树林。每一棵大树和小树，都飞快地向后退去，一边后退，一边好像还在挥舞着手臂，跟小明泽打着招呼：

"你好……你好……你好……"

当火车驶近长江的时候，妈妈告诉她："过了美丽的长江，我们脚下的土地就不再是北方了，而是进入南方……"

可是，这个时候，因为新冠肺炎疫情爆发，武汉已经宣布"封城"。从1月23日起，所有离开武汉的通道都关闭了。只有铁路上的工人叔叔们和铁路警察叔叔们，还在车站继续忙碌着，负责从各地运送来的、支援湖北的物资的转运工作。

奋战在车站的叔叔们，有的已经很多天都没有回家了！

2月14日晚上20时40分，Z235次列车临时停靠在武昌火车站站台上。列车上还装载着从沈阳运来的140多箱物资，需要在这里卸车转运。

趴在车窗上，小明泽看到，很多铁路警察叔叔都在夜晚的寒风中来回奔跑着，争分夺秒地搬运着各种物资……

看着忙碌的叔叔们，小明泽恨不能自己也跑下车去，帮叔叔们推一下那些沉重的运货车子。但是她明白，这个时候，只有听从列车长的统一指挥，安安静静地待在车厢里，才是她最应该做的。

不过，她灵机一动，想到了一个好主意！

她转过身，飞快地拿出自己的书包。妈妈以为她要找一本什么书看呢。

"不，妈妈，外面很多警察叔叔，我的那幅画呢？"

妈妈帮小明泽拿出了她前几天画的一幅彩色蜡笔画。

这是2月10日那天，她花了一整天时间"创作"的一幅"抗疫"绘画：一群穿着浅蓝色防护服、戴着口罩的医护人员，正在和病毒作斗争；在她们身后，是我们绿树成荫、盛开着一朵朵小花的美丽家园；画面上还写着"中国加油！武汉加油！""万众一心，众志成城！"等字样；图画的一角，还写着"少出门、勤洗手、出门戴口罩"的提示语。

一幅小小的蜡笔画，不仅表达出了小女孩对奋战在抗疫前线的医护人员的崇敬与祝福，也展现了她对我们的国家、我们美丽的家园的热爱和信心……

小女孩双手举着这幅蜡笔画，紧紧地贴在车窗玻璃上。

她希望，正在外面忙碌着的铁路警察叔叔们能看到它。她现在只能用这样的方式，来表达自己对寒风中的叔叔们的问候、敬意和祝福……

她趴在车窗边默默地举了好久。可是，外面的叔叔们实在是太忙碌了，没有人看到她的这幅画。

不过，她没有失望。她想，就算叔叔们看不到，也没有关系，因为自己的心意已经飞出了车窗……

可是，就在物资转运完毕后，有一位叔叔，在夜色里一转身，竟然一眼看到了这节车厢的这个窗口，看到了小女孩透过车窗高举着的蜡笔画，在向他们挥动着……

叔叔惊讶地招呼着身边的同事，大家的目光瞬间都聚焦在了这个窗口上。

这一刻，小明泽是多么激动啊！叔叔们都看到她了，看到了她的蜡笔画，想必也都感受到了她的崇敬、问候和祝福了吧！

是的，都看到了，也都感受到了！

隔着车窗，隔着夜色，叔叔们甚至还看到，小女孩的眼睛里还闪着泪光，小女孩的嘴角还挂着微笑……

21 时 15 分，列车的车门缓缓关闭了。

在早春的夜色里，列车开始继续向着南方行驶。

小明泽趴在车窗上，依依不舍地朝着站台上的铁路警察叔叔挥手道别。站台上所有的警察叔叔，也都列队朝着美丽的小女孩，也朝着整个远去的列车敬礼，目送着列车徐徐地驶离了站台，驶向了远方……

这暖心的一幕，被武昌火车站站台上的工作人员记录了下来，并很快得到了传播，温暖了更多身处春寒料峭中的人。

当我看到这个暖心的小故事时，瞬间想到了土耳其诗人塔朗吉写的那首著名的诗《火车》。我想，无论是小女孩，还是列队站在夜色里向着徐徐远去的小女孩和整个列车敬礼的警察叔叔们，也许不一定知道这些温暖的诗句，但是他们的心愿是一样的，他们的祝福一定也是如此：

"……这么晚了，美丽的火车……去吧，但愿你一路平安！桥都坚固，隧道都光明。"

大爱无声

北京大学附属小学肖家河分校五（3）班　李嘉琪

春节是我国的传统节日，是欢乐祥和、普天同庆的节日，但是2020年的春节，随着冠状病毒的肆虐，给中国人民的生活蒙上了一层阴影。

疫情来势之汹，超出所有人的意料，尤其是本次疫情的重灾区武汉，每天数以千计的病例确诊，看得让人揪心，使得人心惶惶，人们无不闻"疫"色变。

疫情就是命令，成千上万的医护人员奔赴武汉。他们舍小家为大家，在祖国危难之时，在人民群众生命健康受到威胁的时候，逆向而行，去抢救病人，救护生命。新闻中不时传出医护人员被感染的消息，每每看到这些，我都禁不住泪流满面。白衣天使们，你们一定要保护好自己，你们是我们心中最可爱的人。昨天在新闻中看到许多医生奋战在一线，他们只能在休息的片刻和家人视频交流，视频中孩子叮嘱妈妈平安归来，丈夫嘱咐妻子注意身体，父母为孩子加油鼓劲……我哽咽了。可爱的叔叔阿姨，你们向阳而生，逆风飞翔，乘风破浪，去战胜疫情，愿你们平安归来。

电视新闻中，一个环卫工老爷爷，每月只有六百元收入，但在听到疫情消息后，来到当地派出所，掏出了一万四千元钱，让民警叔叔转交灾区，而后悄然离去，连名字都没有留下。后来，民警通过监控找到了他，他却说这是他应该做的。正如央视主持人白岩松说的那样，作为环卫工，您清洁了城市，做好了本职工作，同时您也清洁了人们的心灵。

还有一个低收入老奶奶拿出了一万元钱，工作人员不收，但老奶奶说，"这么好的国家，我希望国家一直好下去"。是啊，希望国家一直好下去。

疫情中，没有人置身事外，没有人袖手旁观。各大企业踊跃捐款捐物，海外游子也心系祖国。他们没法买到当地的口罩，寄回祖国，却没有留名字，只在寄件人那里写下了"中华儿女"。中华儿女，血浓于水，即使走到天涯海角，也心系那片热土。

国际社会也在行动，日本、韩国、巴基斯坦、白俄罗斯、伊朗等国家都第一时间给我国运来了抗疫物资。"山川异域，风月同天"，"青山一道同云雨，明月何曾是两乡"。是啊，正如习近平总书记说的那样，我们是一个"人类命运共同体"。大家互相帮助，世界才会更美好。

我作为一个小学生，响应国家号召，每天待在家里，不乱跑。因为只有这样做，才能阻断病毒在人际间的传播，也算是为抗击疫情做点儿小小的贡献。

瘟疫无情，人间有爱，大道无形，大爱无声。在全国人民的共同努力下，在国际社会的援助下，相信疫情很快就会被控制住。中华民族历来是一个多灾多难的民族，但任何灾难都打不垮英雄的中国人民。这次也一样。让我们万众一心，众志成城，让病毒无处遁形。

冬已去，春可期。"若待上林花似锦，出门俱是看花人。"我相信，这一天离我们已经不远了。

大鞋子，小鞋子

石家庄市解放街小学一（10）班　李乔

夜里，门口的地垫上并排放着两双鞋。一双大鞋子，一双小鞋子。

大鞋子很旧，小鞋子很新。

大鞋子每天早出晚归，小鞋子已经许久足不出户。

小鞋子知道，现在冠状病毒肆虐，它的小主人不可以出门。可是，它总是很好奇，为什么大鞋子每天都能出门？那么长的白天，大鞋子去了哪里？它很想问一问，可大鞋子总是在它睡着后才回来。

这天夜里，大鞋子的主人又是很晚才回到家。他胡乱地脱掉鞋子，倒在沙发上就睡着了，前后不过几秒钟的时间。

随着大鞋子落地"咚"的一声响，小鞋子被吵醒了。它睁开眼睛，只见大鞋子倒在地上，满身灰尘，脸上布满了松枝一样的皱纹，每一条皱纹里都装满了疲惫。

小鞋子凑了过来，它关切地问："大鞋子，你终于回来了。你去了哪里？为什么现在才回来？"

大鞋子疲惫地挤出一个笑容，耐心地解释："我跟着主人去镇上了。现在是过年，从外地打工回乡的人很多，主人要对这些人一一进行检查。主人要了解他们的回家日期，还有回家时乘坐的交通工具，以及回来后去过哪些地方，有没有参加过聚会……事无巨细，这些全部都要登记。"

小鞋子有些失望，它以为大鞋子会去做什么好玩的事情呢。它疑惑地问："为什么要做这么多琐碎的事情呢？做这些事情，听起来又累又不好玩。"

"武汉疫情爆发，这么认真细致地排查，是为了保护我们身边人的健康、我们国家的平安啊！"大鞋子轻轻地说。

看着小鞋子的眼神由疑惑渐渐转为崇拜，大鞋子笑着说："在这个世界上，有千千万万和我一样的同伴。你知道吗？有的同伴跟随主人不眠不休，奋战在一线，它们见过凌晨一点、凌晨二点，甚至凌晨三四点的武汉；有的同伴跟随主人除夕夜离开家乡，驰援武汉；有的同伴陪主人回乡过年，可是在火车上得知武汉有难，主人立刻返程，重回工作岗位……"

小鞋子听呆了，它的眉头皱了起来，暗暗想道："奇怪，为什么一定要去呢？你们有过不情愿吗？"

大鞋子似乎明白了小鞋子的心思，它笑了笑："的确，我们也有过一些不乐意。比如说我的一位同伴，在得知主人打算将满头秀发剪成光头之后，它不乐意地使劲扭身子，想阻止主人去剪发。要知道，它的主人可是很秀气的女孩子呀。但是，不管怎样反抗，它却仍然不由自主地向前走。它明白了，没有什么能阻止主人坚决的脚步。既然这样，我们要做的就是始终陪伴着主人，和主人一起做抗击冠状病毒路上的勇敢战士。"

说着，大鞋子努力站了起来，它说："我要做一双不倒翁鞋子，即便是在黑夜里，特别是在黑夜里。"这句话像是说给自己听的，也像是说给小鞋子听的。

小鞋子低下头，沉思了一会儿，问道："我的小主人什么时候能出门？"

大鞋子看着小鞋子，温和又坚定地说："我们的主人这样奔波，就是为了他们的孩子，为了所有的人能够奔跑在蓝天下，而不是只能在屋里打转。放心吧，春天就要到了，你的小主人很快就会带着你，一起踏进 2020 年的春天。"

担心与盼望

北京市景山学校四（3）班　任子晨

现在新冠肺炎疫情很严重，重灾区就在湖北。而我是湖北人，我的很多亲人都在湖北。我非常担心他们，也经常给他们打电话，问候他们的身体情况。

我有一个表姐，我叫她大豆豆姐姐。她家住孝感，在武汉念大学，从武汉回家后连续十天一直发烧。我们都很害怕，每天都要给姨妈打电话，姥姥担心得都睡不着觉。后来姐姐终于不发烧了，身体也慢慢好起来，真是虚惊一场。

还有我的舅舅、舅妈，他们住的小区叫作广北小区，这个小区有确诊病例。舅舅每天还是要上班，因为他管后勤，每天要打扫、消毒，还要给前线的工作人员做饭和送饭，非常辛苦。舅妈身体不好，得过癌症，做过手术。我很担心他们。我总是想起暑假的时候住在舅舅家里，舅妈带我逛商场买东西，舅舅带我去公园锻炼身体……舅舅说，这些地方，现在一个人也没有。他每天只能拿着特别通行证骑车上班，长长的路上一个人也没有，要骑很久。舅舅还说："幸亏你们今年没有回来过年啊。"我听了心里很难过。

还有我的小姨，也在武汉。一开始她没有足够的口罩，也害怕感染病毒，不敢出去买菜，一天就吃一顿饭。后来妈妈的同事给小姨寄去了口罩。其实妈妈的口罩也来之不易，但自己舍不得用，都寄给了小姨。

我还挂念潜江的关爷爷、李奶奶、吕奶奶，洪湖的爷爷、奶奶、舅舅、哥哥、姐姐……我每天祈祷，希望我的亲人们能平平安安，希望疫情早点儿过去。

我的妈妈是一名老师，年级组长。疫情发生以后，她每天都在打电话，填表格。我还记得大年三十，妈妈一直工作到凌晨。妈妈说她要知道年级里的每一个哥哥姐姐在哪里，是不是安全和健康。妈妈还和同事们一起到处联系口罩、防护服，捐给湖北的医院。他们已经捐了很多，还有更多的人在给湖北捐献物资。最近，妈妈在非常努力地找 N95 口罩，因为妈妈的朋友是武汉的医生，她们急需 N95 口罩。N95 口罩现在很贵，很难找，但是妈妈找到了，并全部寄给了在武汉的医生阿姨。妈妈说，在她找 N95 口罩的过程中，遇到了太多有爱心的人，得到了太多全心全意的帮助。

妈妈很忙，我想尽量不给她添麻烦，所以自己制订学习计划，自己管好自己，有时候还帮妈妈做家务。

我们全家的愿望就是疫情结束以后回湖北，去抱抱我的亲人们。我最想去的就是洪湖，去看舅舅。他可以带着我坐小船，采莲花。我还想吃舅舅做的鸭子，特别好吃，是家乡的味道。

2020 年，不一样的假期

深圳市南科大教育集团第二实验学校二（7）班　潘语辰

曾经，有一场大战，据说那是一场人类跟蝙蝠身体里所携带的病毒的大战。最终，人类战胜了病毒，获得了胜利。

但是，十七年后，2020 年的春节假期，人类又一次和类似病毒开战了，病毒据说还可能与蝙蝠有关。当这个可怕的消息传遍蝙蝠家族时，蝙蝠们都很恐慌，大家议论纷纷："人类这次是会就这样消亡，还是再次战胜病毒？"

蝙蝠小黑听了之后，心里有些担心，于是飞出来看了看，发现人类世界真的和以前不一样了：深夜里，到处都是白衣天使在抢救病患，武警官兵把守着各个关口，城市里不仅听不到欢声笑语，反而有时还会传出一阵阵哭声……整个新年都安静得让人发慌，连掉根针在地上都能听得一清二楚。所有的人都躲在家里出不了门，孩子们也变得不那么快乐了。比起以前那热闹喜庆的新年，寂寞了很多很多。

小黑感到有点儿伤心，无精打采地飞回了家，突然很想念那热闹欢乐的人类世界，于是决定给人类写一封信。在信中，小黑写道——

亲爱的人类朋友：

你们好！我知道人类世界生病了，传染者可能是我们蝙蝠，不管怎样，在这里我先给你们道个歉。因为这件事，我为你们感到担心。但是也有兄弟姐妹们告诉我，你们人类确实将我们蝙蝠做成了食物。这让我感到难过，你们为什么要这样伤害我们呢？我们被称为"病毒之王"，身上携带了很多病毒，都是人类很难抵抗的。所以我想和你们说，不管是因为野味好吃，还是因为好奇，都不要吃我们，不要吃我们，不要吃我们！还有一件事，就是我想和你们重新成为朋友，可以吗？我们能够好好地相处吗？

亲爱的人类，我们永远的朋友，祝愿你们快点儿好起来！一定要好起来！

你们不喜欢的朋友：小黑

2020 年春节

春节假期都要过去了，小黑还在等待着回信，小黑相信，等亲爱的人类好起来以后，一定不会忘记给他回信的。

封城日记（节选）

武汉市经济技术开发区三角湖小学五年级　陈一凡

我是武汉市经济技术开发区三角湖小学五年级的学生，这个寒假因为疫情我们被困在家中，哪儿也去不了。我爱画画，爱写字。封城期间，我用文字和画笔记录下了这段不平凡的窝居日子。武汉加油！中国加油！

封城第一天

2020 年 1 月 23 日　小雨

今天一大早，妈妈就去超市买菜，因为之后可能会封城好多天，不能出门，就赶紧买回来备着，免得不够吃。

起床后我发现，冰箱都被塞满了，阳台上也堆满菜。妈妈说，超市人可多啦，都是去"抢菜"的；也都戴着口罩，连收银员也戴着。妈妈还去了药店，那儿人也多。妈妈把店里最后的八盒维 C 泡腾片买走了。

我们开始了窝居的生活。

封城第二天

2020 年 1 月 24 日　小雨

今天是除夕，电视节目依旧，家庭成员依旧，可是却听不到窗外的鞭炮声，也听不到孩子们的嬉笑声。

往窗外望去，小区里空荡荡的，外边的马路上也空荡荡的，天空灰蒙蒙的，飘着小雨。今年的年夜饭比往年简陋一些。以前"干杯"时，大家总要说一句"新年快乐，万事如意"。而今天，却变成了"祝病毒离咱们越来越远"。所以，我们今晚不打算熬夜守岁了，饺子留着明天吃，为的是早点儿睡觉，多休息，提高免疫力，抵抗病毒。

封城第七天

2020 年 1 月 29 日　晴

今天早上，新闻说西藏出现一例疑似病例，真希望不是新型肺炎；好消息也有，香港大学已研制出疫苗，但还需要进行临床试验。真希望好消息越来越多！

白天，我站在阳台上，阳光晒在身上，暖洋洋的。对面楼的阳台的晾衣杆上挂着不少衣服。楼下的玉兰树冒出了许多花苞，一阵微风拂过，它们在风中轻轻摇曳着——春天快来了。

封城第八天

2020 年 1 月 30 日　晴

今天，我把多肉植物都搬到阳台上来感受春天。我在阳台上站了许久。楼下的月季花长得越发高了，玉兰树旁的地上泛起了一层薄薄的绿意。我猜，那是苔藓。

小区的路上没有行人，依旧冷冷清清。天空偶尔掠过一两只鸟，给小区略微添了些生气。下午，窗外传来了歌声。一首接着一首，《我和我的祖国》《大鱼》……几天不出门，大家都在家里闷坏了，开始自娱自乐。听到他们唱歌，我也来到客厅，弹起了钢琴。晚上，看了《中国诗词大会》，很喜欢其中的两个"身临其境"题，一个是庐山，一个是苏州博物馆。庐山烟云袅袅，景色绚丽，险峻雄奇，草木郁郁葱葱；苏州博物馆外青石白墙，小桥流水，清波漾漾，别有古风韵味。

封城第十三天

2020 年 2 月 4 日　晴

今天是立春，寓意"春天来了"。抗击疫情也迎来了它的"春天"。李兰娟院士团队发布了重大的研究成果，有两种药可以抑制冠状病毒。

今天，妈妈听说能在手机 APP 上买菜，我们都特别高兴，兴致勃勃地挑选了一大堆食物。但要付款时，系统却显示"由于交通管制，本区域暂停下单"，真让人扫兴！

学校的网课快开始了，我却没有书。所以，妈妈为我准备了特别的课本。它们都是妈妈自制的，书里的内容都是妈妈抄上去的。空白处还贴了贴纸，就像真课本一样。

封城第二十四天

2020 年 2 月 15 日　雪

下午，有一个新冠肺炎康复者去金银潭医院主动献血，她是第一个主动献血的人。医护人员帮助了她，她又帮助了更多患者，这就是善良的传递，也是爱的传递。武汉会越来越好！

"为什么今年的寒假一场雪也没下呢……"我遗憾地嘟囔。

起初，我只听见冰粒砸着玻璃发出的"噗噗"声，并未在意。但后来，我瞧见对面楼的房顶铺着一层银玉色的光辉，便知道下雪了。我凑到窗边一看，大的雪花跟指甲一般大，小的比米粒还小。

雪下得真大，一转眼，汽车就被白雪裹住了，树木就给积雪压住了，房顶就让大雪盖满了，而雪还在簌簌地飘着。虽然不可能推门出去，但我仍然感到了冬的韵味：雪花是细绒绒的，鸟儿还在啾啁，树枝也随着北风摇曳起来，积雪掉在了地上，碎成了玉石般的雪块……如今，我只能坐在窗边，隔着玻璃望雪，看不真切。树枝上也许像往年冬天那样结着冰柱，也许没有。雪是不是还如往年那样又厚又松软，冰晶是否还贴在玫瑰叶上，我也不知道。狂风怒吼着，吹散了片片晶亮。风呀，你能吹落树叶，折断树枝，何不攒下力气，将病毒吹向天边？

封城第二十八天

2020 年 2 月 19 日　晴

邻居阿姨是我们这栋楼的网格员，她负责记录这上百户居民的体温情况。由于昨天有几栋楼被封，她又多了一项工作：给被封楼的居民送菜。她一天到晚在小区奔波，真辛苦啊！

早上搬多肉的时候，忽见窗外的玉兰花已开半树。这些玉兰花是粉色的，粉嫩粉嫩的。几朵绽开的玉兰花溢出淡色的光彩，其他的都拢着花瓣，而花苞鼓鼓着，像要撑破了似的。玉兰花为什么那么粉嫩？因为花里藏着一个个小小的春天。

封城第三十天

2020 年 2 月 21 日　多云

今天新闻说，有十一人接受了康复期血浆治疗，其中六人携带病毒。通过治疗，所携带的病毒在两三天后消失了。因为康复者的血液中含有抗体，能够抑制病毒。这些献血的康复者曾经是病患，而现在，是和医护人员一样的英雄。

今天已经是封城的第三十天了，我有整整一个月没出过门啦！不知道解封后我还会不会下楼梯。（哈！）这一个月里，妈妈从"厨艺小白"变成了"厨艺大咖"，外公从每天下楼"一溜达"变成了每天坐在电脑前写写画画，我从以前只吃拳头大的一小碗米饭变成了每天吃脸一样大的一大碗米饭……每个人都有了变化。（我还长高了呢！）

封城第三十四天

2020 年 2 月 25 日　晴转雨

都说"六月的天像小孩的脸，说变就变"，可现在才二月份，天气就这样奇怪。早晨，阳光都照到天花板上了。晚上，就听见窗外传来的滴答声——下雨了！爸爸妈妈通力合作，把搁在阳台上的多肉都搬进了屋。

晚上，我还收到了八封来自江西朋友的信。信中提到了我们都喜欢的《中国诗词大会》。我最喜欢的点评老师是王立群老师，因为他说话很有文艺色彩，而且长得像我的外公。李敏霏，胡思宇，你们也喜欢多肉吧？我的多肉每天都搬到阳台上，长得特别好。

我们窝居的日子就像阳台上的多肉，虽然不易开花，却依然可以绚丽多彩。

封城第三十八天

2020 年 2 月 29 日　晴

今天，爸爸扛回来二十五斤西红柿。妈妈把这些西红柿一个一个摆开，放在阳台上晾。真多啊，铺满了半个阳台！爸爸还拿回了三十二个馒头。外婆一看见馒头，就笑了："我们可有三十天没吃馒头了呢！"他还拎回来两箱八宝粥，明早我就要吃上一罐。说起八宝粥，我有一年没吃了呢。虽然武汉封城了，小区封闭了，但是我们的饮食依然很丰富。

对面楼的一楼有一户人家，灯圆圆的，每当晚上，它就亮起黄色的光。傍晚，我透过玉兰雪色的花，看到了那家亮灯的黄光，好似一枚橙黄的月嵌在花枝间，绚烂耀眼。

春天渐渐浸染了这片土地。天亮得越来越早，夜晚也来得迟了；早上的鸟鸣多了好几种，不知道新来的鸟儿长得什么样；楼下的玉兰花谢了，可树并没有变得光秃秃的，满树的白变成了满树的绿——叶子不知什么时候长出来了……"润物细无声"，大概就是这样吧。抗击之战也迎来了"春天"，听说方舱医院里出院的人越来越多，有一个方舱医院都空出来了，除了湖北，其他地方的疫情基本上都控制住了。所以，湖北、武汉，你们要加油呀！我就在武汉，就在这里，守护着你们！

给襁褓中婴儿的一封信

河北　李列滢

亲爱的饭饭：

今天是你出生的第一百天。

你躺在小床上，挥舞着小手，咿咿呀呀，好不欢喜。我和爸爸、哥哥围在你身边，纷纷用自己的方式回应着你的婴语。你光洁的小脸上洋溢着欢喜，如春天的小溪泛起动人的涟漪。

我凑近尔，伸出我的手，一如既往地、调皮地握着你的两个小拳头，摇晃你的小胳膊，上下上下，上上下下，一边和着节奏，一边轻轻说："武汉加油，中国加油。武汉加油，中国加油。"

你第一次"咯咯咯"地笑出了声。

你洪亮的笑声让我们欣喜至极，我们笑着抱成一团。你的笑声似乎带来了春的讯息，我们一直渴望的转机，我想就蕴含在天籁般的笑声里。

我们想把最好的东西给你，特别是春天，特别是一个美好的纯真的健康的世界。但是我明白，我们想给你的美好与完满，我们想让你生活的那个好世界，要靠我们自己去创造，去争取。

所以，我轻轻对你说："我亲爱的孩子，我无法告诉你外边的世界正在发生什么，但是等你长大，我会告诉你，你能在襁褓之中安然入眠，我们一家四口能日夜相守，是因为有许多人在武汉奋战……岁月静好，是因为他们的负重前行。"

饭饭，你来到这个世界上一百天了。一百天来，我常常抱着你，就如同怀抱着独一无二的珍宝，带你认识我们家的每一个角落。但是，我还没有带你出去散过步，虽然春意已悄然展露，灿烂的阳光铺满了窗户。我甚至还没有去医院为你办理出生证明，没有将你的名字印在我们家的户口本上，没有带你去接种早已预约好的疫苗……这些都是我应该为你做，也很想去做的事情，可我不能出门，因为外边有病毒。

饭饭，在白日的睡梦中，你不时会被打扰。那是因为，趁你熟睡，我在教哥哥读书，带他运动。哥哥刚刚学会跳绳，他的脚步很重，他每次跳起来又落地时，我就会说："哎呀，非洲象来了吗？"回头看看婴儿车里的你，撇着嘴巴，欲哭未哭，委屈的小模样惹人怜惜。我知道，你被咚咚的落地声打扰，哥哥应该出去跳绳、运动、锻炼身体，可他不能出门，因为外边有病毒。

那个戴着皇冠的坏病毒从哪里来？有一天，你会扬起小脸，一本正经地问我。我会放下手中的活计，郑重其事地告诉你，它可能来源于蝙蝠，但是，蝙蝠无辜。

我还会告诉你，我们要爱护野生动物。我们同其他动物一样，是这个美丽星球上的匆匆过客。它们同我们一样，有着生之挣扎、生之喜悦，以及对死亡的恐惧。那么，我们有什么权利剥夺它们的生命？野生动物可以和病毒共存且相安无事，但是我们人类不可以。保护野生动物，就是保护我们自己。

饭饭，许多人听说你名字的来历，都忍俊不禁。因为爸爸的小名是圆圆，哥哥的小名是团团，所以我为你取名饭饭。在冠状病毒肆虐的时期，越来越多的人开始思考人类与野生动物的关系。我希望在这个星球上，不管是人类还是野生动物，都可以享受自己生命中的"团圆饭"。

饭饭，你初来乍到的这个地方，是美丽的人世间。让我们一起努力，一起奋斗，只为有一天我们可以毫无愧色地说：美好地球，美好世界，因为，其中有我。

妈妈

2020 年 3 月 3 日

给人类的一封信

徐州市侯集高中附属实验中学小学部　吴宇轩

指导老师　王彭波

　　我是蝙蝠，是一种古老而又神秘的生物。我并不想爬到食物链的顶端去，我只是想平平淡淡地过好一生。我的身上寄生了一千多种病毒，我深知自己浑身是毒，所以我们宁愿生活在阴暗潮湿的山洞里、人烟稀少的原始森林里，也不愿生活在热闹繁华的城市里。

　　因为我知道，和人类生活在一起，早晚会影响你们。我们井水不犯河水，难道这样不好吗？我也知道，人类喜欢养一些可爱的小宠物，所以我们进化出了一张丑陋的面孔，就是为了防止人类与我们接触。

　　但是万万没想到，你们还是对我们打了歪主意，想要吃我们。但是大自然是最公平的，你们不要以为今世是人，就可以天不怕地不怕。我们虽然渺小，但也不是吃素的。

　　你们有想过我们身上的那些病毒吗？没有了我们，它们必须寻找新的宿主，而你们那膘肥肉厚的身体不正好是它们梦寐以求的温床吗？

　　知道肆虐非洲和中东的 MERS 病毒是怎么传播的吗？2012 年，世界卫生组织已做出分析，那种病毒是先从我们身上传给骆驼，再由骆驼传给人类的。

　　我还要告诉你们，你们的《野生动物保护法》并不只是单纯地保护我们，更是在保护你们人类自己。如果你们任意残杀其他生物，大自然就会做出相应的惩罚，灾祸也就悄然降临。

　　最后我要说的是，这封信不仅是为我们，更是为那些无辜的野生动物写的。

　　真心希望你们早日摆脱病毒的折磨，学会和野生动物们和平共处，共创和谐美好的大家庭。

给在抗疫前线的爸爸的一封信

湛江市第七小学三（6）班　易恒辉

亲爱的爸爸：

您还好吗？一眨眼，已经好久没见您了，我们都很想念你呀。

今年大年初二您接到医院的通知，要回医院支援救治"新冠肺炎"的病人，并叫妈妈准备好使用二十天的衣服和生活用品，最好是一次性的。年初三一大早，我们一家三口互相告别。您提着沉甸甸的行李包，迈着稳健的步伐赶去单位了。目送着您，一行泪不知怎的就滑落下来，我舍不得啊！多想爸爸能像别人的爸爸那样陪伴在我们身边。可我是小小男子汉，不好意思撒娇，更不好意思大哭。

我不知道这种叫"新冠肺炎"的病毒是什么疾病。妈妈说它是一种人传人的传染病，通过呼吸传染，传染性很强，严重的会夺走性命。随后，在新闻上看到每天都有来自不同地方的人染上了这种病毒。形势一天比一天严峻，我们更担心了。

爸爸，您已经半个月没有回家了，电话也无法接通。我知道您一定是忙着为病人们治病，所以没空和我们联系。从妈妈那儿我知道您是医院负责治疗新冠病毒感染者的专家组的成员。您用高超的医术和耐心的诊治，努力救治那些被病毒感染的病人。

当新闻报道说湛江已经治好了四例病患时，我们都备感自豪，同时看到了希望。到现在，我们湛江地区已经治好了十一例！我们和大家一样，特别欣喜！就算没能见面，也能感觉到您就在我们身边。

那天，您发来一张相片，给我们一解相思之苦——您和一位同事一起穿着全身白色的防护服，戴着护眼镜和口罩，把自己包裹得严严实实。"哪个是爸爸？我都认不出来了！"我脱口而出。妈妈会心一笑："个子偏矮的是你爸爸。"我情不自禁激动地冲着相片喊："耶！是爸爸！"

与此同时，您发来信息说："武汉的疫情严重，我已报名去武汉，随时候命出发。"妈妈也给您发去了一条信息："辛苦你了。家一切平安，等你归来。保护好自己，身体健康，才能为人民服务。加油！"没有浪漫的话语，我却觉得很幸福。爸爸，我会替您照顾好妈妈，不让您担心。突然，我感觉自己长大了……

爸爸您辛苦了，我们都支持您，希望您在与病毒作斗争的时候也要照顾好自己，注意身体。只有把自己保护好，才能更好地对抗病毒。不管怎样，爸爸您是最棒的、最帅的！在大家的共同努力下，一定能战胜病毒，盼您平安归来！

此致

敬礼

您的儿子　易恒辉敬上

2020 年 2 月 17 日

共同战疫

湛江市第七小学六（1）班　胡凌霄

这个春节是如此与众不同，本该快快乐乐出门游玩，却因病毒只能在家待着，足不出户。这个春节带来的，不仅是来势汹汹的疫情，更有在疫情面前温暖人心的人间温情。

我是一名湖北人，在这疫情一线，中华民族与武汉站在一起，与湖北站在一起，让我深刻地感受到了三份来自人间的温情。

第一份温情来自奋战在抗疫一线的白衣天使们。在这次疫情大战中，他们是当之无愧的英雄：多少医护人员请求支援武汉，多少医生的脸上被防护服、口罩勒出一道道勒痕，多少女医生把她们秀丽的长发剪去……在电视上看到一篇新闻，一名女医生在救治病人的过程中不幸感染了病毒，在医院刚脱离了生命危险，就提出自己回家隔离，只因为不想占用医疗资源。她说我是医生，自己能照顾自己，医院床位紧张，有人比我更需要它。听到这，我不禁热泪盈眶。

第二份温情来自同样坚守在一线的警务人员。为避免各地交叉感染，警方严守高速、机场；为保证居民生活，他们负责运送物资：他们永远是危难中的逆行者，冲锋在前的领路人。多少警察过年不能和家人团聚，但当问到他们的时候，他们只是说，身为警察，有义务为国家献身，家人会理解的。我为他们舍小家顾大家的行为深深感动。

第三份温情来自十四亿中国同胞。有人拿出自己一生的积蓄捐给武汉，有人拿出自己亲手种植的白菜萝卜捐给武汉，还有人把自己当地的特产美食成吨地送往武汉，想让坚守在一线的人们吃一顿好的。更多的普通人虽然没能上前线，但也自觉地在家隔离，做好自己的分内事，不给国家添麻烦，也不给病毒扩散的机会。这一个个平凡的人．这一幕幕动人的画面，让我感动不已。

武汉的早樱已经开了，相信疫情就要被消除了，那时我们一起去武汉看樱花。困难当前，匹夫有责。我坚信中国十四亿同胞的心就是十四亿滴水，必将汇成一条大河，将这可恶的病毒冲出我们美丽的家园。

寒风里绽开的金色小花

湖北　徐鲁

我曾写过一个迎春花的故事。

很久以前的一个冬天，美丽的百花女神召集来所有的花儿，商量谁应该在什么季节开放。

这时候，冰雪还没有融化，北风正在呼呼地吹着，所有的小花、小草和小树，都还沉睡在寒冷的梦中呢！那么，谁可以踏着刺骨的冰雪，到人间去向人们预告春天呢？

玫瑰、牡丹、芍药、莲花……都没有作声。是啊，冬天实在是太冷了，每天都吹刮着好大好大的风雪呢！谁敢在这时候出门去啊！可是，就在一片沉默中，一个小姑娘勇敢地站了出来，轻声说："让我去，好吗？"

百花女神吃惊地看了看这个小姑娘：她穿着鹅黄色的裙子，看上去是那么娇小，却又是那么自信。其他花儿们也看到了，小姑娘羞涩的目光里含着深切的期待。

花神微笑着点了点头，说："去吧！孩子，只有你，才属于春天！"

百花女神还送给小姑娘一个美丽的名字——迎春。

小小的迎春花，只是稍稍打扮了一下自己，在发辫上插上一朵金黄色的、散发着淡淡清香的小花，便告别了众多的姐妹，独自来到了人间……

迎春花来到我们中间的时候，大地还被厚厚的白雪覆盖着，春天还在远处的路上，孩子们还在做着堆雪人的梦。

可是，迎春花是春天和大地妈妈勇敢的女儿。她来了，大地上的一切都渐渐变得温暖起来——

冰封的小河悄悄解冻了，雪花在天空化成了细雨，泥土变得松软和湿润了，葡萄藤和柳枝也都变得柔软了，小草在悄悄地返青，所有冬眠的生命也都开始苏醒了……

一场席卷全国的疫灾，让2020年整个春天变得特别漫长、沉重并充满忧伤。

无情的病毒不仅戕害了许多普通人的生命，也夺走了不少奋战在抗疫第一线的医学专家、医生、护士和社区工作人员的生命。

甚至，病毒的黑影也渐渐靠近了我们幼小的孩子！

有的教育专家说，残酷的事实在告诉我们：无论是大人还是孩子，都在这个特殊的春天里，接受着一场特殊的"灾难教育""生命教育"和"人格成长教育"。

"大胡子作家"董宏猷爷爷也说："这次灾难，就像是一所大学校。所有的孩子都会留下难忘的生命体验。"

是的，无论是从微信朋友圈里，还是从各种媒体的报道中，我们都不断看到一些身处疫情中的小孩子的身影和故事。

这些小小的身影和故事，哪怕只是春天里的一个瞬间，却也像一朵朵绽开在寒风中的金色小花，向我们预报着春天的温暖和希望，也让我们从孩子们善良、温暖和早熟的一举一动中，看到了熠熠闪亮的童年之光，感受到了一种属于未来的成长的力量……

这是一个小男孩的故事，我们无法知道他的名字。

一位大人骑着一辆摩托车，后面载着一个小男孩。摩托车路过一个垃圾桶时停了下来。

小男孩下车，要把一个空瓶子扔进路边的垃圾桶。这时，有一位拾荒的老爷爷，正站在垃圾桶边找废品。小男孩很有礼貌地把瓶子递给了老爷爷。

可是，小男孩正要转身离开时，他看到老爷爷没有戴口罩。

也许，老爷爷是买不到口罩，或舍不得花钱买口罩吧？这个时候，不戴口罩多危险哪！小男孩可能想到了这些，就快步跑到摩托车边，跟大人要了一个口罩。

这时，口罩对每个人来说都是宝贵的。那一瞬，大人有点儿迟疑，犹豫着不肯给孩子口罩。

但小男孩没有放弃，不顾大人的阻止，快速拿到了口罩，跑到老爷爷跟前，双手把口罩递给了老爷爷。

这还没完。小男孩也许怕老爷爷不肯戴，或者不知道正确的口罩戴法，他又上前，亲手帮老爷爷戴上口罩，还十分贴心地帮老爷爷捏紧了鼻梁夹。

老爷爷抓了小男孩的手臂，表达了感谢，**然后小男孩摇摇手告**

别了老爷爷。

极其自然和温暖的一幕。当时没有任何人在场，但这一幕正好被马路边的监控拍了下来。

这暖心的一幕，看哭了无数人！

网友们纷纷留言点赞，向这个善良、懂事的小男孩表达敬意。

有的说：小男孩的爸爸妈妈，一定也是善良、温暖的人。只有善良温暖的家教，才能教出内心如此纯净的小孩。

有的说：少年强，则国强。不是这个特殊的时期，你可能永远都不会相信，我们的小孩到底有多好，有多勇敢！

有的说：每一个"最暖的仔"，都必定出自家教良好的家庭，都必定有几位温暖、善良、有教养的长辈在默默地影响着他们。

……

再讲一个小女孩的故事。

3月1日这天，一位爸爸在自己的微信上写了这样一段话：

"似乎一转眼，孩子就长大了。虽然不再像小时候那么软萌、软糯、黏人，但依然那么暖暖地贴心。多么不想错过你每个成长的瞬间，多么希望把你每个细小的进步都刻在心上。"

这位爸爸名叫陈州，是武汉市新洲区邾城环卫所抗疫应急突击队的队长。他原本打算腊月二十九日忙完工作，就回黄冈老家陪父母和女儿吃个年饭，再赶回武汉值班的。没想到，越来越严重的疫情让他根本不可能离开自己的战斗岗位。

陈队长的女儿名叫茜茜，今年九岁，读小学三年级，住在黄冈由爷爷奶奶照料。小女孩天天盼着爸爸回家过年，得知爸爸不能回来，她伤心得在电话里大哭起来。

爸爸在电话里安慰女儿说："病毒是个大魔怪，你为爸爸加油好不好？等着我，爸爸一定要打败它！"

"好，爸爸，你一定要打败它哦！我和爷爷奶奶等你回来！"

这天，爷爷奶奶教小女孩包饺子。小女孩竟然自己琢磨着，用平时做手工的方法，做出了一个"肉馅口罩"，要作为"礼物"送给爸爸。

"爸爸，您看这个口罩，肉馅做的，不仅可以戴，还可以吃哟。"女儿把自己拍的小视频发给爸爸看。

在武汉的值班室里，陈队长一边看着小视频，一边眼睛湿润了。懂事的孩子那纯真的声音，还有对爸爸的爱，也深深感动了陈队长的战友和朋友们。很多人都转发了小女孩的小视频。

陈队长给小茜茜留言说："你的成长进步，是我这辈子最值得骄傲自豪的事情。疫情过后，晴空万里，阳光明媚，再来抱你。"

是的，在这次疫情里，不少孩子都用自己小小的行动，"教育"了自己的父母和一些成年人，让他们不禁为自己和我们的国家拥有这样的新一代感到骄傲和自豪。所以有的家长也由衷地说：像这样的孩子，再来上"几打"也不嫌多！

……

在济南，有一对小哥儿俩，哥哥六岁，弟弟四岁。

妈妈是医生，上"前线"去了。小弟弟哭闹着要妈妈，总是不肯睡觉。

人们几乎不敢相信，这个六岁的小哥哥，不知道是从哪里学会的，竟然这样哄着、开导着小弟弟说："妈妈现在很忙哦，在给人治病。妈妈不去治病，人不就死了吗？"

弟弟太小，哪里懂得这些，还是继续哭闹。

小哥哥继续"开导"弟弟："哭，是解决不了问题的。你想想，妈妈也不能因为你哭就回来呀！"

这个小哥哥的故事后来被传到了网上。有一位记者想去采访一下这个'早熟"的小哥哥，没想到，记者刚刚朝他竖起大拇指，准备夸赞一下他时，小哥哥又说了一句出人意料的话，把记者都惊到了：

"世界上也不是妈妈一个人最辛苦，所有的人都辛苦哦。"

一个六岁的孩子，居然体会到了很多人可能一生都体会不到的事——众生皆苦，而且还有这样善良和宽阔的"胸怀"，哪怕暂时还有一些懵懂，也是弥足珍贵的。

我相信这个孩子因为懂得了妈妈的辛苦，会更加心疼和敬爱自己的妈妈，并且懂得对妈妈、对他人、对世界要有感恩之心。

…… ……

在四川，也有一个只有八岁的小男孩。

他的爸爸是警察，妈妈是医生，都日夜奋战在抗疫前线，无法回家。小男孩只能一个人待在家里。

爸爸妈妈委托一位记者，去家里看看孩子。

小男孩哽咽着告诉记者叔叔说："一个人在家里很不好受，感觉很孤独。"

叔叔问他："那你是怎么来调节自己的呢？"

小男孩一听这话，立刻就有了一种小小男子汉的劲头，顿时不哭了，抹了一把鼻子，说了三个字："深呼吸。"

叔叔看到，小男孩说出这三个字时，眼神是那么倔强和自信。

小男孩还告诉叔叔说："做深呼吸，总比哭管用，多做几次深呼吸，就不再害怕了。"

"爸爸妈妈去保护世界，我会保护好自己！"小男孩勇敢地说道。

当一些孩子成了家庭教育的"心病"时，我们却从这个孩子的出人意料的言语和行动上，看到了儿童天性的光辉，看到了在孤独和独立中绽开的希望的小花，是多么灿烂有力！

罗曼·罗兰说过："谁要是能看透孩子的生命，就能看到隐藏在阴影中的世界，看到正在组织中的星云，方在酝酿的宇宙。儿童的生命是无限的，它是一切……"

这些在春天的寒风里绽开的金色小花，能为这段名言作证。

家园保卫战

海南　意舒

天才刚亮，动物城的广播就响了："大家请注意，现在有一个特大的坏消息要宣布：冠状魔王来了……"

动物城的勇士大老虎还没听完广播就马上操起一根大木棒跑了出去。他边跑边提高嗓门大喊："有坏蛋来了！大家赶紧拿起武器，一起保卫家园！"

一听到这个消息，本来安静的动物城马上沸腾起来。大家纷纷拿着武器从家里跑了出来：黑熊举着他的铁锤子跑了出来，猴子也不甘示弱地拿着弹弓出来了，连母鸡大婶也勇敢地举着一把铁铲出来了，她的身后还跟着一群全副武装的小鸡……

"妈妈，坏蛋在哪儿呢？"小鸡忍不住问道。

"是呀，坏蛋在哪儿呀？"母鸡连忙朝老虎问道。

大家也纷纷地向老虎询问。老虎挠挠头，不解地回答："奇怪，我刚才明明听广播说冠状魔王来了，它不是坏蛋吗？"

"没错，它是坏东西。可它不是我们平常说的坏人，而是一种传染性的病毒。"乌龟爷爷连忙解释道，"它可以通过飞沫和接触等方式传播。所以为了防止感染，医学专家们建议大家要减少出门，最好乖乖地待在家里，而且要注意卫生，勤洗手，多喝水。如果有事必须出门，一定要戴上口罩……"

"哎呀，冠状病毒太可怕了。赶紧回家，不要再出门了。"母鸡大婶边说边招呼自己的孩子们，准备回去。

"赶紧回家，不要出门！"小鸡们叽叽喳喳地附和道。

"大家也不要害怕。咱们动物城的医学专家们正在积极地研究抗击病毒的药物。只要咱们认真听从专家们的指示，再厉害的病毒也拿咱们没办法。"乌龟爷爷认真地解释道。

"我的商店里有口罩，每户可以派一位代表来免费领取。"猴子大方地说道，"预防病毒，人人有责！"

"太好了！"老虎拍拍猴子的肩膀夸赞道，"好样的！"

"欸欸，咱们现在要保持距离，不能再像以前那样接触了。"猴子认真地提醒道。

老虎连忙后退几步，笑道："对对对，不能再随便接触了，就是想抱抱，也要等把病毒赶跑了才行。"

"没错，一切都会好起来的。"大家赞同地点点头。

很快，动物城又恢复了平静。因为大家都认真地在执行医学专家们的指示，老老实实地待在家里。

这也是保卫家园的方式哦。

金色的摇篮边

内蒙古　王雁君

"月儿明，风儿静，乖宝宝，快睡觉……"

鼹鼠妈妈哼着摇篮曲，推动着小小的摇篮，温柔地看着里面的宝宝。

金色的月光洒在床头。

她想：宝宝爸爸在忙吗？希望他多生产些口罩啊！

前天上午，阳光透过唯一的窗户晒到床头。

鼹鼠爸爸把小鼹鼠翻过来掉过去，让阳光晒他的光屁股。

小鼹鼠刚出生，只有爸爸手掌大，毛还没长出来。

"现在，大家都忙着捐赠，咱家也不知捐什么好。"鼹鼠妈妈说，她在给小鼹鼠晾尿片，尿片挂起来，像一串小旗。

"是啊，捐什么呢？"鼹鼠爸爸也嘀咕，"疫区的物资缺得多啊！最缺的是口罩，人人需要，病毒传播太快了！"

这时，村里喇叭响了，鼹鼠爸爸和鼹鼠妈妈支棱起耳朵听。

"紧急招聘：缝纫工、裁剪师、机修工，做医用口罩和防护服，人人可做贡献！"

鼹鼠爸爸眼睛亮了："太好了，我去做口罩，帮助动物们！"

鼹鼠妈妈也激动："是啊，太棒了！"

"可是……"鼹鼠爸爸又犹豫了，小鼹鼠吃喝拉撒，谁来帮忙呢？

鼹鼠妈妈看出他的心思，急忙说："别担心，有老大、老二帮我呢！"

鼹鼠爸爸说："特殊时期，咱得出力，只好这样了！"

经过严格筛选，鼹鼠爸爸加入了口罩生产突击队。

"小羊支队负责一生产线，小鹿支队负责二流水线，小兔支队负责分装，各队队长负责量体温！"工长做了分配。

"我负责什么？"鼹鼠爸爸着急地问。

"抽检！"工长说。

"嗒嗒嗒、嗒嗒嗒"，车间里响起缝纫机声。

鼹鼠爸爸眼睛瞪得大大的，他还负责检查机器。

"不好啦，工长！"鼹鼠爸爸发现问题，急忙跑向工长。

"什么事？"

鼹鼠爸爸的汗流了下来："动物口罩，大小尺寸不行！"

"什么？"

"斑马、马、牛，还有河马，需要大型口罩；鼹鼠、刺猬，需要小型口罩！现在生产的，只适合中型动物！"

哎呀，对啊！工长马上召唤设计师，去测量河马、刺猬的脸型和口型。

"还有啊，工长！"一会儿，鼹鼠爸爸又跑过来。

"又什么事？"

"大象的牙太长，需要特殊口罩；小鸟儿的嘴太尖，也需要特殊的；鳄鱼的牙太多，也需要……"

"太对了！让设计师赶快测量，特殊设计！鼹鼠爸爸，你立了大功啦！"

鼹鼠爸爸又转身检查每只口罩，等一车口罩装好，发往灾区。

"加紧加紧，不知需要多少呢！"鼹鼠爸爸自言自语。

他不时抬头擦擦汗：蓝蓝的天空，能落下来一片吗？要是你悄悄、静静地飘到口罩厂，分作无数块，变成小口罩，该多好啊。

蓝蓝的、轻盈的口罩啊！

鼹鼠爸爸仿佛看到：口罩像一小片蓝天，飘到千家万户，飘到医护那里，救了很多动物。

而金色的摇篮边，鼹鼠妈妈也在思念丈夫：让千家万户健康安全吧，让幸福团圆常驻每一家吧！

口罩年货

黑龙江　刁江波

大年三十的夜里，仓鼠一家谁都没有心思吃那香喷喷的年夜饭，他们正在非常严肃地开家庭会议。

"万万没有想到哇，这场瘟疫能让小小的口罩成了发财的宝物！我们就要发财了，哈哈哈！"大哥天竺鼠摇晃着大脑袋，得意地龇牙笑起来。

他的妻子花枝鼠一听，照了照自己刚烫的卷发，满意地放下手中的镜子，吧唧一声，亲了一下老公的额头。

她兴奋地说道："大家注意到了没有？今天来我们店里的，大都是来买口罩的。就这一天，我们店里就卖出了两千多个口罩，赚了一千多块钱。依我看，这次疫情没那么快结束，要买口罩的一定会更多。可这个时候，正在放年假，别人家的商店都没有我们存货多。我看哪，赶紧涨价，这一次绝对是我们发财的好机会。二弟、三弟，你俩可真是傻人有傻福啊！"

原来，那商店里的一万个口罩，是仓鼠家的二弟豚豚和三弟熊熊两个人在几个月前用牛车给拉回来的。仓鼠兄弟二人去城里打工，在一家口罩厂上班。后来，工厂倒闭了，没有工钱给两兄弟，牛老板就送了一车一次性口罩。

豚豚和熊熊刚回来的那几天，因为没有给家里赚到钱，两兄弟没少受嫂子的白眼，没少听嫂子的风凉话。

一到吃饭的时候，嫂子花枝鼠就把碗筷重重地一放，没好气地说："哎呦喂，这家里只有你大哥一个人挣钱，剩下都是吃闲饭的，这日子可怎么过哟！"

每当这个时候，年迈的仓鼠妈妈就会叹口气，默默地只拿几粒米吃。豚豚和熊熊虽然很饿，也不敢多吃，生怕嫂子花枝鼠眨着精明的小眼睛，再说出一些难听的酸话来。

没想到，那一车口罩现在金贵了，嫂子的语气也马上就变了，像是加了过量的甜味素，差点儿呛到他们。

听到哥嫂的话，豚豚好一阵惊愕。他憋了很久的怒气，一下子被点着了："你们这样做，是要受到草原法律制裁的！"

嫂子花枝鼠一听，火冒三丈，一边跺脚一边吼叫："算了吧！我才不信呢。现在都什么年代了？是市场经济的年代啊！一个口罩赚几个钱，算什么？更何况是他们自愿买的，我问问你，我到底犯了哪一条法律！死脑筋，我们是商人，商人就是要追求利益最大化。你明白吗？整天就知道看书，你都学傻了吧？"

这时候，熊熊也鼓起勇气，小声说："我……我也觉得二哥说得对，我们不能赚不义之财。"

"得了吧，三弟，你是不是也傻？有钱不赚？我要好好利用这千载难逢的机会，狠狠地捞上一把！"大哥天竺鼠重重地拍了下桌子。

"我不同意，口罩是我和三弟冒着风雪，好不容易运回来的，我们俩有权做主！"豚豚坚定地大声回答。

"哼，我们是一家人，你的就是我的！"嫂子花枝鼠像泼妇一样，吱吱地跳起来，无明火烧得更旺，火势逼人。

"商人也要有商人的道德底线！现在整个草原正在闹疫情，很多邻居都病倒了。作为草原居民的一分子，怎么能发这样的黑心财呢？！"豚豚也站了起来，反唇相讥。

"你……你们！这个家我说了算！"大哥天竺鼠又气得拍起了桌子。

就在闹得不可开交的时候，仓鼠妈妈说话了。

"既然是一家人，我是家里的长辈，也是这家店的主人，在大是大非面前，我说了算！"她平稳的声音不大，却压住了家里的孩子们。

她转过头，看了看大儿子，叹了口气说："老大，你还记不记得小时候，因为嘴馋，吃了不该吃的香蕉，你肚子疼，发高烧，是咱们草原上的各位邻居救了你的命。现在大家都在防病，需要口罩，咱们要知道感恩哪！怎么能让人家笑话咱鼠目寸光呢？"

回忆过去，大哥天竺鼠羞愧地低下了头。

"那……妈妈，你说该怎么办？"沉默了好一会儿之后，大哥终于低声问。

"我们留下几百个口罩，按照平时的价格卖给大家，剩下的七千个，全部捐献出去，送给邻居们。"仓鼠妈妈淡淡地回了一句。

"捐出去？那……那我们不是亏大了？"嫂子花枝鼠简直不敢相信自己的耳朵，反问道。

"对！捐出去，送给所有的草原居民！"仓鼠妈妈的语气不容置疑。

"要不，我们留一半？"嫂子花枝鼠偷偷斜着眼，看了一下自己的丈夫，又瞄了一眼仓鼠妈妈，还想再商量商量。

"就这么定了！我马上和弟弟推车，给邻居们送口罩年货去。"豚豚兴奋得跳了起来，拉着熊熊跑出了家门。

草原上，一场突如其来的新型肺炎像瘟疫一样蔓延。但是，仓鼠一家人的口罩年货，让从来不戴口罩的草原居民全都赶紧戴起了口罩，躲过了劫难。

口罩年货和仓鼠一家人，成了人见人爱的香饽饽。

口罩自述

重庆　戚万凯

完全没有料到，庚子鼠年的春天，我和我的伙伴们会在一夜之间被新冠疫情唤醒，同你们一起投入疫情阻击战。

我名叫口罩，其实不仅要捂住你们的口，捂住你们的鼻，还要捂住你们的大半边脸，只留出一双眼睛和眉毛。你们都是爱美之人，谁愿美丽的脸庞被我遮挡呢？况且，自由呼吸多好，捂住口鼻，虽然也能透气，但毕竟不舒畅。因此，我理解你们，平时不会打扰你们。但此次疫情事发突然，令人恐慌，我不得不从沉睡中惊醒。你们需要我，我责无旁贷驰援你们，驰援武汉，驰援中国。

记得那年"非典"来临，我也奉命出征，抵挡"非典"病毒。但此次规模之大前所未闻，十四亿中国人全民戴口罩。其原因，自然是新型冠状病毒来了。此病毒真可恨，它偷偷溜进你们的口鼻，钻入肺部，引发新型肺炎，让人呼吸急促，甚至要人命。我的功能是充当你们的门卫，抵挡可怕又可恨的病毒。养兵千日，用兵一时。在你们遭受疫情威胁之时，我有何理由不挺身而出呢？你们自身乃一座城市，犹如武汉封城，你们也要封口鼻，不让病毒入侵，保卫城市。城门谁守？大敌当前，舍我其谁。别看我小，却也是一夫当关，万夫莫开。来势汹汹的病毒遇上我，也是矛遇上盾，奈何我不得。

我是白色精灵，但我的伙伴们也有着蓝装、墨装的。无论啥色装，心都和你们一样，是强大的跳动的红色的中国心。因此，你们需要我们，祖国需要我们，一声令下，我们随时出征，日夜兼程，和你们一道众志成城，打响生命保卫战。

遗憾的是，个别人有些轻敌，认为病毒远在武汉，外出买菜不戴我，赶车乘船不戴我，吃饭娱乐不戴我，散步聊天不戴我。殊不知看不见的病毒可能就在身边，在病人、疑似病人，甚至毫无症状的人那一声"阿嚏"、那一次亲密的握手拥抱中，悄悄溜进你的口鼻，钻入肺部并定居，大摇大摆横行霸道，以你的细胞为食，再分泌毒素让你呼吸困难，逼着你抄近路走向生命终点。你看，多么可怕。哀兵必胜，骄兵必败。执迷不悟者，快醒醒吧。

我知道，你们很喜欢我，把我当宝贝，心里呼唤我，渴求见到我，见到我如获至宝，对此我很感激。你们的需要，就是对我最大的信任与鼓励，我有何理由不护佑你们呢？

你们很关心我，每次戴我出门，都会小心翼翼，担心弄脏我。我轻轻吻着你的唇，嗅着你温润的气息，我的生命仿佛融入了你的呼吸。是的，生命在于呼吸之间。我的生命，就在你的呼吸之间，没有你的呼吸，就没有我的呼吸，没有我的生命。每次回家，你们总是轻轻放下我，担心我摔疼了，然后赶快洗手，多好的卫生习惯，多么尊重我、爱护我呀。我为今生能遇上你们而感到无比自豪。

我知道你们很疼我。对可恶的病毒，我与它们殊死作战，要消耗精力，最终献出生命。但这是我的职责使命所在，我不出手谁出手，我不护佑谁护佑。况且，相比那些救死扶伤、日夜忙碌的医护人员，我又算得了什么呢？我的伙伴们有的就勇敢奔赴前方，去和医护人员并肩作战，协助他们战胜病魔、消灭敌人。其实，抗"疫"没有前后方之分，后方也是前方，也在和疫情病毒作斗争。因此，作为一名抗"疫"战士，我十分自豪。

我的伙伴较少，一时不能完全满足需求，对此深表歉意。不过，请相信我们，援军会源源不断出现，立马投入战斗。值得高兴和肯定的是，你们很聪明，土法上马，就地取材，没有口罩自己造。或用柚子支，或用柑橘皮，或用方便面桶改装，花样繁多，虽然效果逊色于我这专业的，但有胜于无，有防范意识、防控行为，就值得点赞。

我们相亲相爱，形影不离，但从内心来说，我不愿与你们长相守。早日挥手"拜拜"，让你们露出美丽笑容，自由呼吸清新空气，是我的美好祝福。相见时难别亦难。离别尽管不舍，但为了让你们回归正常生活，过上你们的幸福生活，我终将忍痛割爱。我希望这一天早点儿到来，你们好放心地在没有阴霾的春天，看庭前花开花落，望天空云卷云舒。

那时，我和我的伙伴们会在世界的某个角落，静静地想着你们，幸福地看着你们，默默地祝福你们！

偶遇一只蝙蝠

大庆市湖滨学校七（3）班　李睿涵　　　指导老师　曹立光

"滴答，滴答"，雨滴落在草的头顶，像一顶过大的帽子；蚂蚁爬上高高低低的蘑菇，把它们当成瞭望台；我走在柠檬黄的落叶上，躲避着湿滑的青石和苔藓。

在隔离了一个春天后，我终于迎来了 2020 年的暑假，终于可以摘掉口罩到大自然中痛快地呼吸了！"喂，看什么呢？快跟上！"前面的人又在叫我了，真是的，好不容易出来一趟，看看路边的景色不行吗？我不满地跟上去，这回我一定要比你们走得都快！我嗖嗖地向前走，突然眼前一亮，原来这里还有一条小路，我看到路旁的牌子写着：通往山顶。太好了，我一定能比他们都先到山顶，我顺着小路走去。

"哗哗哗——"不好，又下雨了，我赶紧拿起背包挡雨，小心地往前走，踮起脚躲避着路上的泥坑。大雨模糊了眼前的路，我觉得自己好像走进了没有边际的大瀑布里。唉，没人告诉我今天会下雨呀，我一边用背包努力挡着雨，一边搜寻着可以躲雨的地方。不远处，树叶间若隐若现着一个小山洞，那就先进山洞避一会儿雨吧。我飞快地跑进了山洞。

放下背包，我环顾着这个山洞，有一种莫名的安全感。突然，我看到山洞的角落里有一个黑影，那是什么？我走近它仔细观察。

"啊！是只蝙蝠！"我吓得连连往蝙蝠的反方向退。"太倒霉了！新型冠状病毒疫情才结束，好不容易出来玩一回，竟然遇到了蝙蝠。"我自言自语着。"我才倒霉呢，为了躲避你们人类，我都到这么隐蔽的地方来了，你们倒好，还是找来了。"没想到蝙蝠也毫不示弱。"那我问问你，这次的冠状病毒不都是因为你们传播的吗？"我一下把气全撒到了蝙蝠身上。"你们人类把动物祸害成什么样了？你们驯化出家畜也就算了，还要吃野生动物，这也能怪我们吗？"蝙蝠竟然把责任推给了人类。"你知道吗？曾经我们这里的白桦树、落叶松和蕨类植物，还有那么多不知名的野花，让人目悦神怡，数不清的山雀在啄食草籽，欢快的小鹿在林间奔跑……可自从你们把这里变成所谓的景区后，我们的家园被破坏了，大部分动物也都被你们捕杀了，你们因为嘴馋而生病，还大言不惭地来这里找我兴师问罪！"

听了蝙蝠的话，我突然觉得站在它面前竟然无地自容。我终于明白了，人类捕杀动物，似乎站在了食物链顶端，但我们不要忘记，动物也是生命，也有自己的情感和需求。我们每天都在呼吁相互关爱，为什么不能关爱动物、关爱环境呢？还动物们一个家园吧！毕竟我们都是这个世界的一部分。这次的新型冠状病毒疫情就是大自然对人类的警告。疫情结束了，我们也应该好好地反思一下接下来应该怎样做。

我拿起背包，看到洞外淅沥的雨渐渐停了，默默地走出山洞。不远处一个路口，几位朋友正着急地呼唤着我，我的脚步停了一下，随后又急忙向他们跑去。

为妈妈点赞

大庆市龙凤区东城领秀学校五（3）班　龙薪羽

指导老师　曹立光

1月25日是2020年的农历新年，在这个所有中国人都翘首以盼的美好节日里，一场没有硝烟的新冠肺炎防疫战悄然开始。参与到防控工作的有医生、警察、保安、社区工作人员等等，而我的妈妈就是一名社区主任，当仁不让地站在了防疫阻击站的最前沿。

每天早上天刚蒙蒙亮时，我就能听见妈妈轻轻收拾物品准备出门的声音，我知道妈妈是怕声音大了吵醒我。看着妈妈瘦弱的身影，我真的很想在她出门时好好抱抱她。可经常是我还没说话，妈妈的电话就响了起来，电话内容或者是安抚居民的恐慌情绪，或者是告诉外来人员要熟悉居家隔离相关制度，或者是和养老院的老人们唠家常——因为这样的电话太多了，我现在已经了解了很多防控知识。

从除夕开始，妈妈一天都没有休息过，每天都工作在社区防控第一线。我所知道的工作内容纷繁复杂，包括统计填报外来人员明细表、指导门岗人员熟悉工作流程、为空巢老人送生活用品、帮助隔离人员联系网络超市、成立心理疏导服务工作室，等等。这其中，妈妈因过度劳累生病了，嗓子疼，咳嗽得整晚睡不好觉。我和爸爸、姥姥都非常担心妈妈的身体，劝她休息几天，可妈妈硬是带着好几种药坚持上班了。因为她说自己的使命就是严把居民健康防线，保障群众的生命安全。

在妈妈为防控辛勤工作的同时，我这个调皮的男孩也逐渐懂得了责任和担当的含义，爸爸也从一个沙发上的手机族变成了一个家务高手，打扫房间、洗衣服、做饭，这些活现在已经非常熟练了。每天晚上当妈妈拖着疲惫的身体回到家时，都能看到一个干净舒适的房间、一个活泼快乐的儿子、一个关心体贴的爱人。这时的我们围在桌前，一边享受着美食，一边聊着今天的战疫新闻。这就是我们家最幸福的时刻。

在这场防疫阻击战中，我从妈妈身上看到了很多默默无闻的普通工作人员的辛勤付出，也明白了人要做好自己、奉献社会、感恩国家。我伸出大拇指，为妈妈点赞，也为全天下抗击瘟疫的所有无名英雄点赞！

文蜓日记

广西　文蜓

日期：2020年1月29日

天气：阴

心情：忧心

因为新型冠状肺炎，大人推迟了上班，小朋友推迟了上学。

本来多放假可以让人开心，但是灏灏却没那么开心。听妈妈说妈妈以前上大学的城市——武汉——生病了。好大的一座城市，有上千万的人呢，怎么会生病呢？

妈妈说不是城市生病，而是城市中很多人感染了一种冠状病毒，得了病，从某个角度来说，也是武汉生病了。

还有一件非常奇怪的事情，就是在电视里，只要走在大街上的人都带着口罩。有时候，妈妈因为有紧急事情要处理，必须要出去，也是戴着口罩出门。

"妈妈，妈妈，你们戴上了口罩，都成大明星了啊！"灏灏看着回家正仔细洗手的妈妈说。

"大明星？妈妈可不是大明星哟！"妈妈边洗手边回答。

"是的。以前我看到电视上，只有大明星才出门戴口罩的。"灏灏又说。

妈妈转过头认真地看着灏灏："是啊，现在这个时候，能戴口罩出门的都是大明星，尤其是那些穿着防护服的医生，记得妈妈上次和你说的那个钟南山爷爷吗？他是超级大明星。"

"那钟爷爷戴口罩了吗？"灏灏记得那个钟爷爷，妈妈说他是英雄，现在又说他是超级大明星。

"戴了，是他提出所有人出门都要戴口罩的。他现在在武汉救治生病的人呢！"

"妈妈，妈妈，我要好好学习，像钟爷爷那样治病救人成为超级大明星！"灏灏握紧了小拳头，可认真了。

"好，那我们听超级大明星的话，现在只在家里活动，出门戴口罩，勤洗手，好不好？"

"好！"灏灏声音洪亮，对着小区的绿地挥了挥手……

日期：2020 年 2 月 1 日
天气：晴
心情：担忧、牵挂

今天天气可真好，但是妈妈还是说不能出去玩。妈妈说很多人生病了，感染了新型冠状病毒，好多的医务人员和解放军叔叔阿姨都去一线治病救人了。电视里、广播里很多人都在喊着："加油！"

　　妈妈在微信上发了条朋友圈，有三个拳头："加油！加油！中国加油！"妈妈说希望疫情快点儿过去，我们都要加油哟！

　　加油？灏灏知道，加油就是给人鼓劲的意思，灏灏参加幼儿园运动会跑步项目的时候，老师和小朋友都喊着："灏灏加油！加油！"灏灏也学着妈妈的样子，握紧小拳头嘴里喊着："中国加油！加油！加油！"喊完加油之后，灏灏真的感觉浑身是劲呢！

　　这天，爸爸单位有紧急的事情必须要去处理，出门的时候妈妈叮嘱爸爸戴口罩，另外就是记得给车子加油。灏灏听到"加油"两个字，立马来到爸爸身边："爸爸，加油！加油！加油！"爸爸看着灏灏热血的表情笑嘻嘻地说："谢谢灏灏给爸爸鼓劲，爸爸会加油的。"

　　"爸爸要加油，还要给车子加油哟！"妈妈在一边补充道。

　　"车子也要鼓劲吗？那我要和爸爸一起下去，给车子加加油，这样，车子才能很好地载着爸爸去上班。"灏灏嚷嚷着要去车库给车子鼓劲加油。

　　"灏灏，车子是油箱里快没有汽油了，需要加汽油才能开动。是这个加油，不是你说的那个加油！"爸爸解释说。

　　明明都是加油，为什么车子加油不是加油呢？灏灏还是很疑惑。妈妈又给灏灏详细地解释了一番，灏灏总算明白了。原来汽油是汽车的动力，车子里有了汽油，汽车才能发动，要是车子快没油了，就需要给车子加油。而给人加油呢，是为了给予对方勇气和信心，鼓励对方，让对方加油。

两个不一样的"加油",都很有用,灏灏记住了。然后很认真地说了一次:"中国加油!加油!加油!"

日期: 2020 年 2 月 6 日
天气: 阴
心情: 忧虑焦灼

天气阴,偶尔还下点儿雨,灏灏说他的心情也像这天气一样不太好。

灏灏已经在家待了半个月了,真的好想出去玩,想去滑滑梯,找小伙伴分享玩具,和小伙伴捉迷藏……

"妈妈,什么是病毒,为什么病毒会让人生病?"灏灏非常讨厌这个叫病毒的家伙,就是因为它,那么多的人都生病了,大家都要在家里待着,不能出去玩。

"病毒是一种微生物,它能让人生病。"妈妈给灏灏解释说。

"啊!病毒怎么那么坏?"灏灏觉得病毒真坏,"那我们把它们抓起来关到小黑屋好不好?坚决不给它放出来害人。"妈妈可是警察,她可是能把坏人抓起来关进小黑屋的,这样坏人就不会再做坏事了。病毒既然这么坏,就应该被抓起来关到小黑屋去。

"可是病毒很小很小,显微镜有时候都看不到它们,我们抓不到它们。"妈妈又说道。

"啊!那么小?又抓不到,那可怎么办呢?"灏灏真着急,不能把病毒抓起来，那就会有很多人生病，生病了可不好。灏灏的小脸蛋都憋红了。

"病毒也没那么可怕，只要我们勤洗手，讲卫生，家里常通风，不出去乱跑，出门戴口罩，病毒就会怕了我们。知道了吗？"妈妈很温柔地摸摸灏灏的头说道。

"勤洗手，讲卫生，不乱跑，常通风。"灏灏把妈妈的话都说成顺口溜了。做到这些就可以打败病毒了，灏灏要赶紧打电话告诉小伙伴……

日期：2020年2月9日

天气：晴

心情：始终担忧

可恶的冠状病毒，让每天得病的人数继续增长。

灏灏也延迟开学了，妈妈要求灏灏只能待在家里，不可以出去玩。

灏灏的小嘴嘟嘟着，在家里一点儿也不好玩。除了房间就是客厅，最远就是去一下阳台。待了几天后，灏灏觉得好憋闷，之前和周小墨说好要去大院里玩"躲猫猫"的游戏，去奶奶的菜地浇水的。现在都不能去了，灏灏有些不高兴。

"妈妈，为什么我们只能在家里呢？我和周小墨想去大院里玩。"灏灏忍不住问妈妈，央求着说要去找周小墨玩。

"现在很多人生病了，这个病的传染性很强，在家里待着，隔离病毒，免得被传染。"妈妈这样说。

"隔离病毒？"灏灏不太理解什么是隔离。前些天听妈妈说起过病毒那个坏家伙，它很小很小，都看不见它，也不能把它抓起来关进小黑屋。真是讨厌！

"是啊，病毒很坏，能让人生病，生病的人容易传染给别人，我们待在家里，讲卫生，多洗手，就能隔离病毒了。"妈妈很理解灏灏想出去玩的心情，但现在是关键时期，可不能给国家添乱。

"那我可以打电话给周小墨吗？"灏灏很想他的好朋友周小墨，想着打电话不会有病毒吧，于是小心地问妈妈。

"当然可以啊，你还可以和周小墨视频呢！"妈妈肯定地回答。

妈妈说只是隔离病毒，并不是断了联系，我们可以联系任何我们想念的小伙伴。隔离病毒，可是隔离不了和小伙伴的感情，更隔离不了爱！

"周小墨，我妈妈说隔离病毒，不隔离爱，我好想你啊！"灏灏在视频里大声地对着周小墨说。"等到病毒被消灭了，我们再一起玩吧！"那边周小墨回答。

想念雪花

湖北　九九（郭黛萍）

我想念雪花。

天晴时想，下雪时更想，每一分每一秒都想。

想念太厉害时，我睡不着觉，吃不下饭，浑身上下都像勒紧的钢丝，硬邦邦的。

雪花是一条五岁的土狗。它性情纯良，有一双温柔如水的眼睛，浑身覆盖着浓密的黑毛，好像裹着一件油光水亮的黑袍子。这与它的名字不太匹配。

我七岁那年的冬天，第一次遇见它。那时的它眼睛紧闭，绒毛稀疏，蜷缩在路边的草丛里瑟瑟发抖。那一刻，我小小的心脏就被这个肉乎乎的小东西给拱着了。我毫不犹豫地把它揣进怀里，带回了家。我不会取名字。看看天空飘着雪，我便叫它雪花。

起初，雪花是我的秘密。我悄悄把它藏在床下的纸盒里，用妈妈买给我的牛奶喂它，用我的绒帽给它取暖。但三天后，它睁开了眼睛，用哼哼唧唧的声音打破了屋子的寂静。紧接着，爸爸妈妈发现了它。

很庆幸爸爸妈妈并没有厌恶它，并准许它留下来。虽然那时，它一点儿也不好看，甚至有些丑陋。

但后来，雪花一天天大起来，一天天好看起来。它像一个文静乖巧的姑娘，很快就成了我们家最讨喜的一员。妈妈甚至亲昵地叫它雪丫头。有时候，我会吃醋。但只是一瞬间，我又会像块狗皮膏药似的黏着它，宝贝着它。谁叫它就像我身体里的一根肋骨似的呢？

不管爸爸妈妈对它多好，雪花最亲近的人始终是我。它好像一直都知道那天从大雪中将它救回来的是我。在知恩图报这个问题上，狗狗们似乎永远都比人类表现得更好。我进家门时，它会用嘴巴给我叼来拖鞋；我出门时，它会咬着我的裤脚提醒我关门；星期天我赖在床上时，它会用爪子刨开食品柜的门，恭恭敬敬地给我献上一片面包……

可现在，它在城里，我在乡下。我连它的影子都看不到。

大年三十早上，很冷。丝丝的雨雾笼罩着乡下的房子、草垛和池塘。我跑到姥姥家门口的栾树下，巴巴望着不远处的田野。我期待看到雪花风一样朝我飞奔而来。

田野中央有一条小路，以前我和爸爸妈妈每次回姥姥家，都会带上雪花。我们通常把车停在小路尽头的树林里，然后沿着这条路步行到家门口。雪花看起来，比我们更向往田园生活，每次闻到泥土和草木的气息都显得格外激动。车没停稳，它就会抛开平日的文静乖巧，迫不及待地从开着的车窗跳下去，摔得灰头土脸，也不怕疼，爬起来就疯了似的跑，像个野丫头。它摇头摆尾地冲到我们前面，不是上蹿下跳地追蝴蝶，就是顽皮地扎进草丛或庄稼地里，呼啦一下没了影儿。等它再次出现在我们眼前的时候，已经到了姥姥家的大门口。那时的雪花浑身湿漉漉的，到处是泥。脑门、绒毛和尾巴上还沾满了五颜六色的花瓣和草屑，真是狼狈至极。但那双眼睛闪闪发亮，却溢满得意之色。

可现在，那条路空空荡荡，田野空空荡荡，我的心也空空荡荡。

我已经整整一个礼拜没有见到爸爸妈妈和雪花了。

姥姥家离我家九十多公里。我想象着九十多公里外的雪花，一定趴在我家楼下的玻璃门禁那儿，睁着一双黑溜溜的眼睛，望着从那里经过的每一个人。它一定渴望着，从这些人里能冒出一个我来。以前，每天不都这样吗？早上我去上学的时候，它就把我送到门禁那儿。然后趴在地上，静静地看着我离开；下午我放学回家时，它还静静地趴在那儿，好像从来就没有动过。我的邻居张阿姨说："这是我见过的最傻的狗狗了。瞧，它就这样憨了吧唧地等着你，一等就是一天呢。"

想到这里，好像有什么钻进了我的眼睛，搅得我满眼湿漉漉的。乡下的小路和田野在我的眼睛里渐渐模糊，仿佛起了雾。

姥姥说："别望了，他们今天回不来了。"

"不，爸爸和妈妈答应过我的。"我倔强地说，"他们说过，我提前几天走，他们一放假，马上就带着雪花来姥姥家与我汇合。他们说过的话，怎么能不算数呢？"

"不能怪他们，没有路，怎么走啊？"姥姥说着，用手背抹了抹自己的眼睛，嗓子里像被什么东西卡住了，有点儿哽咽。

没错，刚刚电视里正在播这个消息：那个名叫"新冠"的家伙正在城里耀武扬威，城门已锁，路也封了。

想到这里，我不再抵触了。此刻的姥姥应该比我更需要安慰吧。姥爷前年去世了，她一个人孤零零地生活在乡下，只有过年过节，才和她唯一的女儿团聚几天。可现在……

周围很静，只有麻雀的叫声在林子里此起彼伏。麻雀们不懂人间的忧伤，它们叫得喜气洋洋。

乡下人过年本来和这些麻雀一样，也是热热闹闹的。若在以前，噼里啪啦的鞭炮声肯定会从大年三十的前一晚炸到正月十五，还舍不得停歇。姥姥说，过年过到麦子黄，拜年拜到砍高粱。我们之所以喜欢在乡下过年，就是因为喜欢这样的热闹。雪花也喜欢。当我蹦蹦跳跳地去给姥姥的左邻右舍拜年的时候，它就会屁颠屁颠地跟着我，摇头摆尾，东张西望。有时，旁边响起鞭炮声，它就吓慌了神，藏在草垛里好一会儿不敢出来。

我想着以前雪花被吓坏的样子，忍不住想笑。

可看看满脸忧愁的村庄，我又忍不住想哭。

我想，这段日子，乡下的忧愁和城里的忧愁大概是一样的吧。肯定有好多人和我们一样被封住了，必须经历一段时间的分离。

姥姥摸摸我的头说："别难过，丫头，很快会解封的。你很快会见到你爸爸妈妈和雪花的。"

"真的吗？"

"真的。姥姥向你保证。"

于是，我的心里又生出了一棵棵希望的苞芽。

妈妈打来电话，说一切都好。他们只是暂时不能出门，但生活没有问题。物业的工作人员会把他们在网上订购的东西送到家门口。

"哈哈，这下你爸爸和我可就享福了。"妈妈想用这句看似轻松欢快的话结束通话，可我听出来，她的语气并不轻松。

"雪花呢？"我在妈妈挂上电话的前一秒抢着问。因为最近妈妈的电话变得奇怪了，她不再像以前那样啰里吧唆地唠叨很多，每个句子都像用剪刀修剪过一样，分外简短。我这神经兮兮而又胆小的妈妈约，她被吓坏了吧，是害怕病毒会顺着电话信号溜到我这里吗？

"挺好的。很乖。"妈妈语速飞快地回答。

"它还跑到楼下去吗？"我赶紧又跟上一句。最近，我听说"新冠"有可能跑进小动物的身体里，我隐隐担心着。

"哦，不。"妈妈果断地答，"现在，所有人都必须乖乖待在家里，雪丫头也不例外。"

我长舒一口气。挺好，这样至少是安全的。

但我还是特别特别地想念雪花。

它不声不响望着我的样子，它看到骨头流口水的样子，它翘起尾巴讨好我的样子，它蜷缩成团想心事的样子……本来，我是要把雪花带在身边的。这些年，只要不是去上学，无论去哪儿我都会带上它。哪知，那天我带着雪花去坐大巴时，司机死活不准雪花上车，硬是把雪花关在了车门外。没办法，妈妈只好把雪花带回了家。为这事，我难过了好几天。

幸好，来姥姥家之前，妈妈破例给了我一部手机。手机里保存着雪花的照片。我每天都会看看手机里的雪花。

到了正月初七，乡下已经有了春的气象。天空越来越蓝，洁白的云朵挂在瘦瘦的树梢上，像一幅美好的画。不远处的麦田里，白色的小路像一把明亮的梳子梳开了薄薄的绿，油菜花也呈现出羞涩的黄。我的心情猛地好起来。我想，春天就要来了，城里也快解封了吧。如果雪花来了，它一定很乐意跑到麦地里打滚儿。

想到这里，我打开微信，点开了妈妈的对话框，发起了视频通话请求。

没人接听。

我不甘心，一遍又一遍发起请求，仍没人接听。

不应该呀。根据我对妈妈的了解，如果我能主动跟她视频，她一定会笑得合不拢嘴。

我又给爸爸发视频语音请求。结果也是如此。

难道出了什么事？难道他们被感染了？

想起最近电视里有关病毒的报道，我手心发凉，心不安地跳动起来。这时，我才发现，除了雪花，我是多么挂念爸爸妈妈呀。

就在我胡思乱想的时候，电话响了。

妈妈的声音从电话的另一端传来："宝贝，是妈妈。"

啊，妈妈还能给我打电话，说明他们还没事！

我的手暖和起来，心跳恢复正常。

"我想视频，妈妈，我要跟您视频。"

"不行。"妈妈好像没有睡醒似的，用软绵绵的声音说，"宝贝，这时候恐怕不行……"

"为什么不行？我已经两个星期没见着雪花了。妈妈，我要看看它，一定要看看！"我倔强地叫起来。

"别闹，宝贝，听我说，雪花……雪花它还在睡觉。"妈妈说着准备挂掉电话了，"好了，妈妈有点儿累。咱们就说到这儿，你好好照顾自己和姥姥，我过两天再给你电话。"

"不行，妈妈。我要看雪花睡觉的样子！"我不甘心地嚷嚷。

可电话那头，妈妈的声音已经消失了，回答我的是一串水泡似的嘟嘟的声响。

我难过极了。抬起头，我看见蓝色的天空化成了蓝色的眼泪。

一连几天，我没有跟妈妈打电话。有一次，她的电话来了，我赌气没有理她。

爸爸给我打电话说："棉棉，别生你妈妈的气。她最近心情不太好。"

"她心情不好？我心情才不好呢！"

"都会过去的，一切都会过去。"爸爸安慰道，"等到春暖花开，爸爸妈妈带棉棉去武大看樱花，好不好？"

"好，不过你们说话一定要算话哦。"我立刻心花怒放，但还是有些不放心，"对了，还要记得带上雪花。"

"当然当然，少了谁也少不了它。爸爸向你保证！"

天空又蓝莹莹的了，仿佛一颗巨大的蓝宝石在我头顶旋转。我第一次发现，心情真是奇怪的东西，它可以忽然之间让天空变成眼泪，也能让它转瞬成为宝石。

我兴致勃勃地提议："您应该给雪花拍一段视频发给我，那样，您的女儿我可能会更开心哦！"

"不……不行啊，棉棉。这……"老爸这是怎么了，那条灵活的舌头说起话来拧拧巴巴的。

"不行不行，你们除了说不行，还能说点儿别的吗？"我的好心情瞬间无影无踪，"为什么不行？我只是想看看我的雪花！"

"两天，我保证两天后一定让你看到雪花。"爸爸说完，挂掉了电话。

我茫然地盯着手里的电话，不知所措。

不就是看看雪花吗？怎么会这么难！

不会是有什么不好的事情发生吧？

难道雪花生病了……

哦不，不会的……

唉，我又开始胡思乱想了，想得我头皮发麻，快要崩溃了。

姥姥说："棉棉，来，吃点儿花生。"

我说不吃。

姥姥说："棉棉，姥姥给你烤个红薯？可香了呢。"

我直摇头。

我什么都不想吃，我满脑子是我的雪花。

两天后，爸爸的电话准时来了。

大清早的，我一骨碌从床上爬起来，去抓桌子上的手机，由于太心急，手机险些掉到地上。

"老爸真是好样的，比妈妈守信用。快点儿，老爸，动作麻溜点儿，快放给我看。我，我要看雪花，等不及了。"我麻雀一样喳喳地叫着，心里高兴得一塌糊涂。

"棉棉，爸爸……爸爸想跟你说个事。爸爸前天就想跟你说来着，可是……"

"别磨磨叽叽的。有话快说，说完给我发视频！"我一边穿衣一边催促，丝毫没有意识到爸爸的语气有点儿不对劲。

"是这样。雪花……雪花它……"爸爸清了清嗓子，似乎想让表达更轻松一些，"家里发生了一些事，所以雪花它……"

"快说！"我忍不住吼了一嗓子，这个爸爸，他真是要急死我了。

这一吼，似乎帮他把舌头捋顺了。

爸爸说："其实，你走后不久我们就被隔离了。隔离是什么意思，你知道吗？棉棉。"

"当然知道，隔离就是为了防止病毒交叉感染，把人们隔离在指定的地方。'说到这里，我心里咯噔一下，"你……你们怎么会被隔离？不会是……是被感染了吧？"

"事情没这么糟糕。没事，棉棉。我和你妈妈只是不小心接触了这样的病人，但并没有被感染……"

"那就好！那雪花呢？雪花还好吗？"我的心七上八下。

"好……好着呢。"

我刚要高兴起来，爸爸却说："只是，当时家里没人照顾它，我们只好把它寄养在邻居家里。可是，它死活不肯待在那里，不是跑到楼下的门禁那儿，就是跑到车站你曾经坐车的地方……"

"哦，我知道，它一定在找我。"我紧张起来，"那后来呢？"

"后来，他们只好用绳子把它拴起来。"

整天被绳子拴着，而且是面对不熟悉的人，雪花一定非常孤独，非常郁闷吗。不过，总比无家可归要强。我听说，好些小狗都因为这场疫病成了流浪狗。

本来，我以为接下来的事情是，爸爸妈妈隔离期满，把雪花领回了家。谁知，爸爸接下来的话让我倒吸一口凉气，整颗心紧紧地揪了起来。

爸爸有些艰难地说："昨天我们才回家。可雪花……雪花失踪了。听说它用牙齿咬断了绳子，跑掉了。棉棉，对不起，爸爸非常抱歉……"

"对不起有什么用？快去找啊，你们快把雪花找回来！"我的心里仿佛发生了八级地震。

"楼下门禁那儿找过了，但没有。我们整整一天都盯着那儿，可它一直没有出现。"

"那就到外面，到车站去找啊！"我咆哮起来。

"现在是特殊时期，棉棉，不是爸爸妈妈不想找，我们也很难受。但是，我们不能到马路上，每个人都不能到马路上。这是一场战争，我们必须遵守，否则，"新冠"这个可恶的家伙就会在我们这里为所欲为，阴魂不散……"

"我不想听，不想听，我要我的雪花，雪花，它会饿死的……"我扔掉电话，号啕大哭。

电话那头换成了妈妈的声音："棉棉，别难过。等这场战争结束的时候，我们可以再养一只狗狗，我们还是叫它雪花，好不好？"

可是，在这个世界上，任何狗狗也无法替代我的雪花呀。它是唯一的，我唯一的雪花。

我如鲠在喉，已无法跟爸爸妈妈理论了。再说，他们有什么错呢？他们能在危险的境地中保护好自己就已经非常了不起了。唉，我不知道该怪谁。

傍晚，夕阳一点儿一点儿地沉落到西边的树梢上，又顺着屋顶上的青瓦滑落下去。我感觉我的心也和夕阳一样沉下去了。

然而第二天，就在我心里的火光即将熄灭的时候，我看到了一道闪电。它从田野尽头的小路上朝我飞奔而来，越来越快，越来越近，就像一道幸福的闪电，击中了我。

没错，是我的雪花。

等它靠近，我发现它的身上湿漉漉的，浑身是泥。脑门上、身子上、尾巴上沾满了初春的花瓣和草叶。它扑倒在我面前，狼狈至极，似乎耗尽了所有的气力。但我认得它，它是我的雪花。

　　我瞪大眼睛看着它，呆呆地看着，忘了呼吸，忘了拥抱……我，我不敢相信自己的眼睛。直到我的手触摸到它温热的身体，我仍不能确信这一切是真的。

一场没有硝烟的战争

深圳市荔园小学通新岭校区五（2）班　吴沁芸

指导老师　程艳

伴随着散学典礼的结束，我期待已久的寒假终于来临了，我欣喜若狂，满心期待，这个寒假爸爸妈妈会带我去哪里玩呢？内蒙古，新疆，哈尔滨，还是俄罗斯？

还没等到爸爸妈妈放假带我外出旅游，突然有一天，爸爸妈妈回家各自收拾了一袋换洗衣服，说要住到单位去，说今年寒假的旅行计划取消了。马上就过年了，爸爸妈妈怎么又反悔，又说话不算数，我委屈得嗷嗷大哭。爸爸妈妈满怀歉疚地说："孩子，很抱歉。有一种病毒，叫新型冠状病毒，侵入了人类社会，危害了人们的健康，对人们的生命造成了威胁。爸爸妈妈是警察，是党员，要站出来跟医护人员一起消灭它们。"

从那天开始到现在，爸爸妈妈就吃住在单位，没有回过家；也从那天开始到现在，我一直未出门。我问爸爸妈妈，作为警察的孩子，我能做点儿什么。爸爸妈妈跟我说，我只要乖乖待在家不出门，就是在跟他们一起并肩作战。居家的日子，刚开始并无感触，只是觉得无聊、闷。慢慢地，铺天盖地的新闻让我认识了什么是新型冠状病毒，我的心揪得一天比一天紧。

　　每天不断上升的疑似病例数，每天不断上升的确诊病例数，传染，传染，传染。首先是武汉，然后是武汉周边，然后是整个湖北，然后是其他省，接着武汉封城。我每天看着新闻，看着不断上升的感染人数，看着武汉的医疗资源已经超负荷，我开始意识到，这是一场战争，一场没有硝烟的战争。接着，死亡病例激增、医护人员被感染等新闻不断出现。我想起了爸爸妈妈，他们每天在一线防疫接警，每天配合街道办、工作站做"三位一体"工作，每天核查登记外来人员。我哭了，我拨通了爸爸妈妈的电话，哭着喊着要他们回家。太危险了，我害怕。可是爸爸妈妈却这样告诉我："孩子，疫情就是命令，防控就是责任。在组织需要我们的时候，我们作为警察一定要冲在最前面。不要怕，孩子，要相信政府，相信咱们强大的祖国，相信咱们国家上下齐心，一定很快会渡过这个难关的。"我擦干眼泪，为的是不让战斗在一线的爸爸妈妈为我操心。看着电视上那些抗击病毒的医务人员不顾自己的生命危险也要去帮助别人，看着那些警务人员冒着巨大的风险去排查走访，去协助疑似病例就医……他们是伟大的，我为我的爸爸妈妈骄傲。我拿起手机给爸爸妈妈发了条信息："我明白我要坚强，爸爸妈妈，你们放心工作吧，我会居家照顾好自己，不用为我担心，我为你们骄傲。"

　　这场战争，没有烟火，却打得异常艰辛。全中国每个人都在参与战斗，无论是除夕夜连夜赶飞机去支援武汉的医护人员、春节放弃休息日夜赶工建设医院的建筑工人，还是向武汉捐赠支援物资的各行各业的人们、加班加点的警察、配合国家一级响应居家的民众，都在以自己力所能及的方式一起渡过这个难关。在这场疫情阻击战中，没有人孤军奋战，十四亿中国人同心齐心，战无不胜，一定能战胜这场疫情，我们期待春暖花开。武汉加油，湖北加油，中国加油！

致抗疫英雄的一封信

汕头市金砂二小四（3）班　李晓秦　　指导老师　方韶英

亲爱的叔叔阿姨们：

你们好！

虽然我们未曾谋面，但在这里我要向你们致敬。

大年三十的晚上，你们本应该在家里和家人团聚，吃年夜饭，看春晚。可一个电话或一条信息，让你们不得不和家人告别，奔往医院，穿上"战袍"，开始与新型冠状病毒的战争。这其中的心酸与悲壮，只有你们自己体悟最深。

可能在生活中你们是"父母"，是"孩子"……但你们一穿上"战袍"，就成了一名救死扶伤的医生，成了一名无畏的勇士。

为了不被传染，你们只能穿上厚重的防护服，戴上口罩，对病人进行救护。有时连续忙上十一个小时，你们才能喝上一口水。

当母亲的也不得不放下儿女，奔赴"战场"。就连八十四岁高龄的钟爷爷也和你们一起抗击新型冠状病毒。

在这次抗击病毒的战役中，你们放弃了和家人的团聚，冒着生命危险，披上"战袍"，救治病人，从死神手中抢夺生命。从疫情爆发到疫情得到有效控制，你们耗费了多少心神，洒下了多少汗水……

165

　　这个春节发生了太多的感人事件，让我的心灵受到了深深的洗礼，使我感到这人世间充满大爱，充满温暖，充满阳光！

　　深深地感谢你们！

　　愿春暖花开时，你们平安归来！

李晓秦

2020 年 2 月 26 日

五年级　李丰定

五年级　张炽林

五年级　薛姿畅

四年级　吉玥鸣

五年级　李锦灿

二年级　关鑫阳

四年级　叶浩仰

二年级　汪子琪

一年级　孙可馨

五年级　谭旻

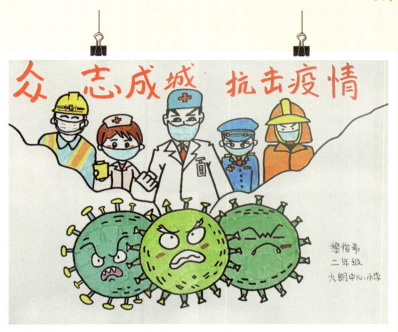

二年级　黎俊希

五年级　张子旭

三年级　谢伟莹

三年级　陈衍宇

三年级　白益宁

三年级　白益宁

五年级　陈逸妍

三年级　郑钰妍

五年级　李佳阳

五年级　丁之茵

二年级　王誉霖

四年级　梁乐淇

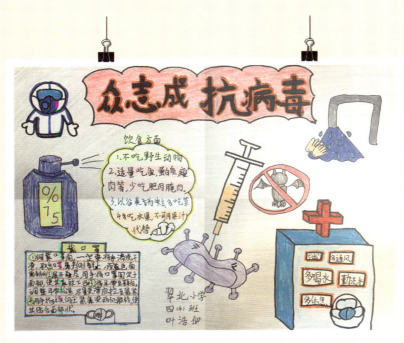

四年级　叶浩仰

一年级　曾思雨

五年级　陈滢萱

CHILDREN'S
VOICE FOR
A SAFE
WORLD

FIGHT AGAINST
THE EPIDEMIC TOGETHER!

SHORT VEDIO RECITATION
AND TALENT SHOW
FOR CHILDREN
AROUND THE WORLD

CHIEF ART DIRECTOR
CCTV NEWS ANCHOR: HAI XIA

Advisor Unit: China International Publishing Group
Host unit: Blossom Press, China.org.cn,
China Television Art Exchange Association
Undertakers: Blossom Press,
Beijing CIC Video Culture Media Co., Ltd.
Co-sponsor: Qingdao Broadcasting Education Group,
Network support platform: China.org.cn++